记忆与传承

黎族记忆里的保亭民间故事

黄呈　主编

九州出版社

JIUZHOUPRESS

图书在版编目（CIP）数据

记忆与传承：黎族记忆里的保亭民间故事 / 黄呈主编 . -- 北京：九州出版社，2021.10

ISBN 978-7-5225-0581-7

Ⅰ . ①记… Ⅱ . ①黄… Ⅲ . ①黎族—民间故事—作品集—保亭黎族苗族自治县 Ⅳ . ① I277.3

中国版本图书馆 CIP 数据核字（2021）第 204870 号

记忆与传承：黎族记忆里的保亭民间故事

作　　者	黄　呈　主编
责任编辑	李创娇
出版发行	九州出版社
地　　址	北京市西城区阜外大街甲 35 号（100037）
发行电话	（010）68992190/3/5/6
网　　址	www.jiuzhoupress.com
印　　刷	唐山才智印刷有限公司
开　　本	710 毫米 ×1000 毫米　16 开
印　　张	14
字　　数	160 千字
版　　次	2022 年 6 月第 1 版
印　　次	2022 年 6 月第 1 次印刷
书　　号	ISBN 978-7-5225-0581-7
定　　价	68.00 元

编委会

主　编：黄　呈
编　审：王　伦　王　平　王　蕾

（按姓氏笔画顺序）

序

　　保亭县县名源自明朝的"宝亭司"，清朝被改为"保亭营"，民国时期保亭县行政建制正式设立，中华人民共和国成立后于1987年保亭黎族苗族自治县成立。保亭地处海南岛南部七仙岭南麓，属沿海内陆地区，呈现中低山、丘陵台地、河谷盆地地貌。县境最北端距海岸不足100公里，总面积为1153.24平方公里，占海南岛陆地面积的3.42％，人口有16.8万人。有黎族、苗族、汉族等主要民族。保亭县的世居民族为黎族，明朝后期才有小部分苗族从广西迁入，其他民族均为现代移民。

　　宋朝时，中原文化进一步传播，为了防止崖州黎族农民再次起义，封建王朝加强了"抚黎"政策，在保亭地区全面设立弓峒"总管"建制，采用"以黎治黎"的方式，分批选送黎族首领、弓峒总管的世袭子弟到崖州官府学堂读书，学成归来即任弓峒管理人员，为封建官府统治服务。自此，汉文化在保亭地区逐渐为黎族所接受。

　　从1927年起，历经土地革命、抗日战争、解放战争，直到中华人民共和国成立，保亭人民经历了曲折和艰难，这一时期发生了许多重要的历史事件，涌现出了许多可歌可泣的英雄人物。如1927年7月初，陵水县黎族人王振士和保亭七弓峒黎族头领王昭夷率领农民自卫军攻占陵水县城，成立了中共陵水县委。同年，11月25日，联合琼南各地的革命力量，攻取陵水县城，并于同年12月16日，成立了琼崖第一苏维埃政府——陵水县苏维埃政府。抗日战争时期，在中国共产党的领导下，在以保亭为中心的陵崖保乐边区展开抗日武装斗争，涌现出许多抗日英雄人物和故事，这些故事在民间广为流传。

因保亭县拥有特殊的地理环境和优越的人文景观条件，较之整个海南岛的黎族人民而言，保亭县的黎族人民较为开化进步。由于与汉族和苗族长期往来，黎族群众也能兼说汉语，通用汉文，这也使得民间故事在流传的过程中表现为汉族语言与本民族语言的互相渗透和融合。值得一提的是保亭县的黎族只有本民族的语言，没有本民族的文字，虽然会被同化，但是保亭黎族固有的民族特征，仍然以顽强的生命力不断流传至今。

保亭县地属热带季风气候区，阳光和雨水充足，北有五指山、吊锣山和七仙岭，南有甘什岭等名山，是大量民间故事的流行地区，也成为民间传说、故事取之不竭的素材源泉。保亭县口头文学十分丰富，尤其是黎族民间故事极为丰富，在保亭县口头文学中占有重要地位，发挥极其重要的作用。

黎族民间故事深深植根于黎族人民的生活土壤之中，与黎族人民一起繁衍生息、世代相传，有着深厚的现实生活基础和浓郁的地方特色。其内容极为丰富，有歌颂创世纪的神奇式英雄人物；有对人类起源、族源以及对某些自然现象的解释；有赞扬纯洁、坚贞的爱情，反映黎族人民对恋爱自由、婚姻自主的追求；有对权势者及伪善者的卑鄙嘴脸的揭露，表现黎族人民美好的道德观念；有揭露剥削制度，体现黎族人民不甘被压迫，追求平等的思想意识。黎族民间故事以鲜明的主题、淳朴的风格、生动的形象、有趣的情节、明快的语言，构成了独具一格的艺术特点。

在保亭县黎族的民间关于人类起源的神话故事十分丰富且各具特色。如《黎族支系的来历》这些神话里叙述了洪荒年代洪水泛滥，黎族遭受洪水浩劫，雷公（神的化身）捏合兄妹通婚传种，反映了黎族先民对近亲通婚违背伦理的认识，这是黎族人民通过神话的形式对人类发展的一种原始而又天真的探索。《汉族、黎族和苗族的来由》叙述汉族、黎族和苗族都出自同一个肉团，表达了汉族、黎族和苗族都是亲兄弟的意愿。从保亭黎族民间的神话故事中，我们看到了古代黎族人对于天地万物和人类起源富有天真的解释，人们在现实生活中无法解释的东西，却在神话的幻想世界里都能得到满足。故事想象丰富、构思巧妙，充满人类童年时期的纯真浪漫，但也有一定的现实基础。

保亭县的传说十分丰富。保亭的地方传说具有鲜明的地方特色，人们对地方山水的来由做了各种美丽而富有情趣的解释，表达了他们对乡土的热爱和认识自然、改造自然的愿望。七仙岭被视为保亭的象征，传说很多，如兄弟俩挑石头垒起七仙岭；七仙女下凡后留恋人间不肯回天庭，最后变成了七仙岭；七女与风魔做斗争而化作七仙岭等。这些传说无不寄托了人们改造自然的愿望，都是保亭黎族人民按照自己的风俗习惯，根据自己对生活的认识、美学观所进行的不同艺术加工，从而塑造能够战胜自然的理想化的英雄人物传说，具有本民族的鲜明特色。这些传说虽然与各市（县）同民族同类型的作品有着大致相同的故事情节，却有自己所属地域鲜明的色彩。保亭黎族民间故事讲述人，凭借自己超强的想象力，塑造了一系列与众不同的栩栩如生的艺术形象,并对自然界万物的生成,做了富有保亭地区特色的描绘。保亭的风俗传说,反映了本地区许多特有的习俗。不同民族、不同区域的风俗都不同。如"七仙温泉嬉水节"仅限于保亭地区。风物传说的形成是历史的产物,反映风物产生的历史和文化背景,对研究保亭的民俗、民风有着重要的价值。人物传说大体可分为外来历史人物、本地杰出人物以及虚幻人物的传说三大类。自从汉武帝在海南置郡开始,历代海南的府、州、县的主要官位多为其他地方的官员过琼任职,保亭又是琼中、陵水、三亚的必经之路。冯公保、陈汉光、胡传、李振亚、林泉等都曾经在保亭活动过。本地杰出人物特别值得一提的是抗日战争和解放战争涌现的杰出人物陈文理、王昭英等,他们的故事具有纪实性,没有神奇情节的修饰。保亭的动植物传说以物为载体,表现人们艰苦创业的精神、惩恶扬善和追求美好生活的愿望。有关芭蕉、槟榔、牛、布谷鸟的传说最有代表性。芭蕉和槟榔是保亭特产,从古至今为保亭人民所利用。

保亭的故事大都是以本地区通称的人物和故事情节为背景,反映了保亭人民的生活和精神风貌。虽然有的故事与全国各市(县)黎族的故事相类似,但又融入了保亭区域的地方色彩。其包括以下几种故事。

保亭的幻想故事极为丰富,内容也十分广泛。最常见的是表现人民对劳动者和英雄们的赞美,对权势者的憎恨和反抗,对苦难现实生活的不满和斗争,对美满婚姻和幸福生活的憧憬。本书收录的幻想故事的主要矛盾是围绕妖魔鬼怪和有权有势的人展开叙述。凡是对立面是妖魔鬼怪的,最终都是人们战胜鬼怪。凡是对立面是有权有势的人的,其结局必然是受到严惩。《龙仔和狗熊》中的龙仔受尽了龙公的欺压,吃不饱、穿不暖。龙仔被迫逃进深山,并救了受伤的狗熊,龙公为惩治龙仔追进山里，被狗熊踢下了悬崖。《白面虎》中的千龙不畏艰险，战胜了虎妖，为父亲报了仇。

保亭的生活故事有着浓厚的地方乡土气息，主人公都是现实生活中的人物，内容都是反映世俗生活：有长工斗财主、有家庭故事、有龙仔斗峒主等。故事采用现实主义手法，以现实生活为基础，表现人们对社会生活的看法和对人物的评价，歌颂了真、善、美。对地主、财主、峒主、龙公等剥削阶级进行批判，赞美了善良、诚实的劳动人民。它尖锐地揭露了剥削阶级的残酷本质，歌颂了广大人民勇敢机智的斗争精神。《贼仔落树》《击退"二嫂"反动武装》《子弹跟脚跑》等故事，反映人民群众惩恶扬善的可贵品德；《没有猪仔赶猪娘》描绘的是嫌贫爱富的人出尽洋相，为穷苦人出气；《数米粒过日子》嘲笑只想不劳而获的懒人。

保亭的机智人物故事是保亭人民聪明才智的集中体现，如《骗地主上树》《恶霸掉田埂》《聪明的女婿》等故事中的机智人物都是出身穷苦的劳动者，他们以超人的智慧捉弄、惩治那些作恶的权势者，成为人民群众崇敬的偶像。

保亭的动物故事是以保亭常见的动物，如狗、猫、老鹰、乌龟、蛇、老鼠等为主人公，把动物人格化。如《老鹰和鸡》《猫与老鼠》等故事中的动物都具有人类的思维和心理。有体现老实、狡猾、欺骗、忘恩负义等特征的行为，故事曲折地反映了人间百态。

保亭的寓言故事，篇幅短小，告诉人们一个个道理，有较强的哲理性，如《榕树与榕树根》《泥鳅和田螺》《眼镜蛇钻竹筒》《锯齿草与荔枝树》《农夫和鸡》《猎人和熊》《请狼做法官》等。

保亭的笑话短小精炼、有趣幽默，集讽刺和教育于一身。《下巴尖尖做篱笆》《懒汉钓鱼》《酒鬼与蛇》《勤劳喝酒败一世》《牛脚不洗都值钱》等笑话,讽刺和批评了人们内在的缺点。《懒汉钓鱼》《勤劳喝酒败一世》《酒鬼与蛇》嘲笑那些好吃懒做的人,《下巴尖尖做篱笆》讽刺只注重外表而不注重内在的人,《牛脚不洗都值钱》嘲笑那些不讲卫生的人。

保亭的民间故事浩如烟海,无不闪烁着人类劳动创造世界的光辉思想,体现了黎族人民的勇敢与智慧,赋予了人们艺术美感与力量,形成了一种独特的深厚的文化底蕴。这一文化底蕴激励着保亭黎族一代又一代人民为生存而抗争,形成了一种勇敢直率的民族性格特征和顽强的斗争精神。这种性格精神,从保亭近代历史变革的风云中所涌现出来的传奇人物事件上就可以得到印证。

《记忆与传承——黎族记忆里的保亭民间故事》收录的作品都是以前没有搜集整理的,是流传在保亭县人民群众中的精品,是保亭县不可多得的珍贵的非物质文化遗产。它有着不可估量的文化价值、民俗价值和历史价值。因此,保亭县黎族民间故事的传承和保护工作,对我们来说是一项十分重要和艰巨的任务。在保亭县经济快速发展、文化进入繁荣时期的大好形势下,我们将努力承担起这项任务,决不辜负县委、县政府和全县人民的重托,为保亭县文化事业的发展和繁荣做好自己该做的工作。

编　者

2021 年 5 月 16 日

目　录
CONTENTS

神 话

雷公吞日

远古时候，海南岛这个地方发生了一次大洪水。一户人家把儿女和鸡、牛、猪、老鼠都放进一个大葫芦里，靠吃葫芦肉维持生命。洪水淹没高山，淹没大地，范围大得看不到边。洪水退去后，天上出现了五个太阳，大地被晒得冒烟，干裂成一条一条的裂痕。这时，葫芦里的兄妹和动物想从葫芦里出来。但是太阳像火焰一样烤得他们白天不敢出来，只敢在晚上出来采摘地上的植物食用，等到太阳一出来又马上躲进葫芦里。

兄妹俩觉得这样下去不是办法，就决定挖土造山造田。兄妹俩负责运土，而动物们用牙咬的用牙咬，用爪耙地的用爪耙地，用嘴拱的用爪拱，不停地干。过了很久，终于造出了山和田地。他们白天躲在山洞里，晚上才出来干活。兄妹俩造了很多田，种了很多植物，但由于五个太阳的炙烤，农作物根本活不了，他们生活得很艰难。玉帝看见兄妹俩生活得很艰苦，于是派雷公下到地界帮助他们。

雷公下到地界，看见地界只有兄妹两人，就建议兄妹俩结为夫妻。兄妹俩听到雷公让他们结为夫妻后，都说他们是兄妹不能结为夫妻。雷公对兄妹说要是他们不结为夫妻，等他们老了，最后死去，人类就会灭种。兄妹听了雷公的话，还是不同意结为夫妻。雷公发怒了，"啪啪啪""轰隆轰隆"又打雷又放闪电，然后说："如果你们不结为夫妻，我就劈死你们。"兄妹俩说："就算我们同意结婚，人类有了后代，太阳这么热，人类也无法生存。除非你把五个太阳吃去四个，人类才能好好生活。"雷公答应了兄妹俩的要求。他"啪啪啪""轰隆轰隆"又打雷又放闪电，紧接着张开大嘴把太阳一个又一个地吞进肚子里，直到剩下最后一个太阳。兄妹俩见雷公信守承诺，吞下了四个太阳，天上只剩下一个太阳，最后便也说话算话结为了夫妻。

从此，天上就只有一个太阳。

讲述者：高文理，男，黎族，80岁，农民
采录者：保亭县文化馆普查队
采录于保亭县响水镇响水村委会什掘一队

为什么雷公根味苦

很久以前，七仙岭脚下有一个村寨，寨里有个名叫老占的年轻人。他高大威武，为人正直，所以很多人喜欢跟他交朋友。天上的雷公也跟他成了朋友，还教会他上天的本领，于是两人成了最好的朋友。

有一次，雷公摆酒桌邀请老占上天来做客。在酒桌上，雷公问老占："天下的人最怕什么？"不等老占回答，雷公就站起身来敲打着鼓，发出"隆隆隆"的声响。雷公打完，得意地问老占："这声音天下的人怕不怕？"老占回答说："别人怕不怕我不知道，但我不怕。"雷公听老占说他不怕，心里很不高兴。

老占从天上回来不久，也邀请雷公来他家做客。雷公来到七仙岭，看见七仙岭的风景很美，非常高兴。老占热情地招待雷公，按照黎族的风俗习惯，需要敬雷公九大碗糯米酒。老占和雷公都喝得醉醺醺时，老占站起身来，从房梁上拿下红白藤和豹尾巴，在地上"啪啪啪"猛打，藤条和豹尾巴相碰，碰出一堆一堆火星。老占一边打一边问雷公："这火你怕不怕？"雷公醉酒眯着小眼睛，半清醒间仿佛看见大火燃烧着整个大地，心里非常害怕。雷公全身都在发抖，但还是假装不怕地摇了摇头。雷公心里想：哎哟，老占这个东西真是厉害噢，要是得到它，我就既有"隆隆隆"的声音，又有闪亮的光，这样天底下的人就都怕我了。雷公非常想得到老占的红白藤和豹尾巴，就对老占说他喝醉酒了，今天不能回天上了，要在老占家借住一晚，明天再走。

第二天早上，老占赶着牛去犁田了。雷公起床后，看见房梁上插着红白藤和豹尾巴，又见老占不在家，就拿下红白藤和豹尾巴，驾云飞回天上去了。老占回到家，发现雷公不在屋里，他的红白藤和豹尾巴也不见了。他知道这些东西一定是被雷公偷走了，就拿把砍刀冲上天去追赶雷公。雷公见老占追了上来，飞得比疾风还快，一直飞跑到天庭的南大门。老占在后面紧紧追着不放，就在雷公一只脚跨进天府门槛时，老占赶到抓住了雷公的另一只脚。眼看天府门就快关闭，雷公惊慌大叫："快放开我，快放开我。"老占紧紧抓住不放，气呼呼地说："你把我的宝贝还给我，我就放了你。"就在雷公和老占一个往里拉一个往外扯的时候，"嘭"的一声天门就关上了，把雷公的脚夹住了。老占见雷公已进了天门，只剩一只脚在门外，又气又急，挥刀就把雷公的脚砍了下来。

老占拿着雷公的一只脚在天门外等雷公出来，一直等了七七四十九天，天门还是紧闭着，雷公没有出来。天门没有开，老占进不去，只好拿着雷公的脚回家了。老占回到家后，越想越气，就把雷公的脚一刀一刀地剁下来。老占每剁一刀，天上的雷公就痛得直打红白藤和豹尾巴，天上就发出一阵阵雷声，闪过一道道闪电。

老占把雷公的脚剁了，还不解气，又把脚肉放在锅里煮。老占一边煮一边想：你雷公这么坏，来到我家我好心招待你，给你好吃的，你却偷我的宝贝，我定要砍你的脚，吃你的肉。老占气得一直往火里加柴，把火烧得越来越大，锅里的雷公脚肉被煮得烂烂的、焦焦的。老占抓起一块放进嘴里，谁知焦了的雷公脚肉比苦瓜还苦，苦得老占"呸呸呸"一直吐。老占气得一脚就把锅给踢翻了，锅里的雷公脚肉流得满地都是。

没想到过了七七四十九天后，那片地长出了一种叶子小小的、圆圆的草，人们就把它叫作雷公根。直到现在人们吃到的雷公根都是苦味。

讲述者： 卓国照，男，黎族，73岁，农民

采录者： 保亭县文化馆普查队

采录于保亭县什玲镇大田村委会丁誓村

黎姓"番得"① 的来由

古代，黎族人都是同一血缘的住在同一个村落，而同一个村落的都是同一个祖先，不能通婚。村落与村落间经常为了争田地和水源发生械斗。河流的上游是水的源头，水既干净又丰富，是人居住的好地方。所以，各个村落都很想居住在河流的上游。

七仙岭脚下有一条河名叫七仙河，河水清澈，水量丰富。七仙河附近一带的森林茂盛，草也长得茂密，土地肥沃。野鹿、野猪、野鸡、狗熊、狮子、猴子、天鹅、穿山甲、刺猬、巨蟒、眼镜蛇等各种动物，都纷纷来到七仙河一带生活。人们也从很远的地方，一户接一户地迁来七仙河附近居住。他们在河边开荒造田，引来七仙河水灌溉田地播种稻谷，或者是外出打猎。久而久之，七仙河一带住上了许多户人家，家家户户生子生孙，人口越来越多，几乎都成了一个村、一个部落。人一多，人们就经常为了争水、争猎物、争地、争山而打架。

有一个村落人很多，又个个长得高高壮壮的，这个村落在和许多村落的争斗中获胜，于是迁到了七仙河的上游居住了下来。这个村落中一位年纪最大的长者为了使他们的村落与别的村落区分开，召集了村落里所有的长者一起商量办法。大家都说想要跟别的村落区分开来，就必须给村落起个名，但都不知道起什么名，商量了好久也没有结果。

---

① 番得：杞黎方言，上游村庄的意思。

最后有一位长者想了想说:"我们的村落住在水的上游,我们的村落就叫'番得',村落里所有的人也叫'番得',大家觉得怎么样?"大家听了都觉得有道理,就同意了。从此以后,这个住在七仙河上游的村落就叫作"番得";居住在"番得"村落里的人也都叫"番得",他们都是兄弟姐妹,不能通婚。

七仙河上游,水肥地肥。生活在这里的"番得"人,年年丰收,过着幸福的生活。一代又一代,直到今天。

讲述者:朱光福,男,黎族,55岁,干部
采录者:保亭县文化馆普查队

采录于保亭县

黎族支系的来历

传说，远古时候，海南岛上只有一户人家。这户人家生下了一个男孩和一个女孩，还种了一棵葫芦，葫芦藤上结了一个葫芦瓜。葫芦瓜日日夜夜地长大，长得比树还高，比山还要大。

有一天，下起了大雨，雨越下越大。下了几天几夜，大水淹没了大地，水越来越多。这户人家的父母怕他们的孩子被水冲走，心里非常着急，可是不知道怎么办才好。有一个神仙看见了这个大葫芦瓜，就高兴地对这对父母说："哈哈，你们可以躲进大葫芦瓜里啊！这么大的瓜，可以放很多东西进去呀！"这对父母见瓜虽然很大，但没有口，就说："瓜虽然很大，但没有口，怎么进去呢？"神仙听了说："这好办。"于是，神仙就叫穿山甲去咬葫芦瓜。穿山甲爬上葫芦瓜不停地咬，咬呀咬呀，咬了很久，把牙齿都咬掉了，才咬出了一个小洞。神仙很高兴，夸它干得不错，可是穿山甲却满脸不高兴地说："我的牙齿都掉了，今后还怎么吃东西呢？"神仙说："这个你不用愁，我教你一个办法。"穿山甲听神仙说有办法，高兴地说："你有什么办法，快快说来。"神仙得意地说："从今以后你就用爪子来扒土，把舌头伸出来，用舌头舔蚂蚁，这样就能舒舒服服地吃到东西了。"穿山甲觉得神仙说的是个好办法，便高兴了。从此，穿山甲就变成没有牙齿，专门吃蚂蚁的动物了。

　　葫芦瓜被咬出了一个口，这对父母就把兄妹两个人放了进去，还把牛、猪、猫、四脚蛇、螳螂等所有的动物都放进去。所有的动物都爬到葫芦瓜后，葫芦瓜再也装不下这对父母了。雨下得更大了，这对父母被大水冲走了，所有的东西也都被水淹没了，什么也看不见。葫芦瓜在水上，漂呀漂呀，不知漂了多久。葫芦瓜里的四脚蛇肚子饿，转眼看见螳螂坐在它旁边，非常高兴，张口就把螳螂吞了。哥哥看见了，发怒骂道："你不该这样坏，你想逃生，它也想逃生，你为什么把它吃了？"哥哥抬起手，一巴掌就打在四脚蛇的头上，四脚蛇痛得大叫起来，一张口，螳螂就从它的嘴里跳了出来。螳螂得以逃生，可是四脚蛇的头却被哥哥打红了，一直到现在四脚蛇的头还是红的。猫很聪明，临逃走时，偷偷拿了一个地瓜，饿了，它就拿出地瓜来吃。牛看见了就向猫讨地瓜吃，猫很羡慕牛有着锐利的爪子，就对牛说："地瓜我可以给你，但要拿你的爪子来跟我换。"牛不舍得自己锐利又漂亮的爪子，可是肚子实在是太饿了，只好答应把爪子给猫。从此，猫的爪子又锐利又漂亮，而牛见到地瓜就吃。

　　不知过了多久，雨停了。可是天上出现了五个太阳、五个月亮，太阳很快就把水晒干了。待在葫芦瓜里很久的兄妹和动物，个个都急着往外爬。他们出来后，白天五个太阳挂在天上，他们感到太热了，像被火烤一样。到了晚上，五个月亮又照得睁不开眼睛。这时候，哥哥问道："谁能把太阳和月亮射下来？"山猪说："我的牙齿长，可以去把太阳和月亮咬下来。"哥哥和妹妹听了，就叫山猪快去把太阳和月亮咬下来，可是山猪说："我把太阳和月亮咬下来，你们要给我吃什么？"哥哥和妹妹问山猪想吃什么，山猪就说它想吃稻谷，哥哥和妹妹正为天上的五个太阳和五个月亮发愁,不管三七二十一就答应了山猪的要求。哥哥又对山猪说:"五个太阳太热,咬掉四个,留一个吧!"妹妹也对山猪说:"五个月亮太亮了,咬掉四个,留一个吧!"山猪听到有稻谷吃,高兴地咬太阳和月亮去了。山猪咬掉了四个太阳,留下一个。当它咬碎月亮时,碎月亮变成了星星,咬一个碎一个,咬一个又碎一个,星星变得越来越多,咬碎四个月亮后,满天都是星星。那时候还没有稻谷,山猪回来后,哥哥和妹妹没有稻谷给它吃,只能对它说:"这样吧,你以后看见哪里有稻谷,就去哪里吃好了。"从此,山猪去到哪里看见有稻谷就吃。

天上就剩下一个太阳和一个月亮了,大地变温暖了。这时,哥哥和妹妹觉得肚子饿了,想找个人家要点吃的。可是他们爬过一座又一座山,蹚过一条又一条河,都没看见一个人。洪水过后,只剩哥哥和妹妹两个人了,他们又孤独又害怕,不禁哭了起来。这时雷公刚好经过,听见哭声,就问他们:"你们为什么哭呢?"他们说:"所有的人都死了,现在就剩我们两个人了,今后怎么活下去呢?"雷公说:"你们不要伤心,我有一个办法可以帮你们。"哥哥和妹妹听到雷公说能帮助他们,高兴地问道:"你有什么办法可以帮我们呢?"雷公说:"办法非常简单,你们结为夫妻,生了孩子就会有很多人了。"哥哥听雷公这样说,急忙说道:"不行,不行,我们是兄妹,不能做夫妻。"妹妹也说:"我们兄妹要是结为夫妻的话,会被雷公劈死的。"雷公说:"你们不要怕,我就是雷公,我不会劈死你们的。"兄妹听了摇摇头,不相信。雷公说:"你们不信,我打起雷来让你们听听。"雷公说完天上就响起了"隆隆隆"的雷声,一阵比一阵响,震得大地动起来。不一会儿,大地就被劈出一条裂缝，树被劈倒。雷公笑着对他们说："看见了吧，这下相信我就是雷公了吧！"于是兄妹俩相信了雷公，便结为了夫妻。

哥哥和妹妹结为夫妻不久，就生下了一个白白胖胖的男孩，他们非常高兴。这时候雷公又来了，他笑着对兄妹俩说："你们生下了孩子，生活过得很好，请把孩子交给我吧！"兄妹俩问雷公要孩子做什么，雷公说要用来变成很多很多的人。兄妹俩害怕雷公把他们的孩子抓走，慌慌张张地说："我们还没生孩子。"雷公又说："我知道你们已经生了，把孩子交给我吧！我可以变出很多人来，这样你们就不用发愁没有人了。"兄妹俩说什么也不肯把孩子交给雷公，雷公就把孩子抢过来，"啪啪啪"地用雷劈，一眨眼，五个男孩和五个女孩就站在他们的面前。这时，天空中飘来一片云，雷公伸手把云扯了下来，给这些孩子做衣服，第一个男孩穿上衣衫和裤子，就成了大哥。穿着上衣和裤子的大哥成了现在的润黎。雷公给第二个男孩做衣服时，发现云变少了，就给他做了两块小片，一块在前，一块在后，系在腰间遮盖下身，他就成了二哥。穿着吊襜①的二哥成了现在的杞黎。雷公给第三个男孩做衣服时，发现云又变少了，只能将云做成短小三角裤的样子，穿着短小三角裤的男孩就成了三哥。三哥，也就是现在的哈黎。雷公将云分给三个男孩后，只剩下一小块云了。雷公只好把云分成很小很小的三块，两小块给第四个孩子，他就是四哥，四哥便成了现在的赛黎。最后一块给第五个孩子，他就是五哥，五哥便成了现在的美孚黎。

雷公又让五个男孩和五个女孩结为夫妻。他们结婚后，又生下了

---

① 吊襜：黎族男子下半身穿的前后两片布。

很多很多的孩子，他们孩子的孩子又生下了很多很多的孩子，子子孙孙，一代又一代地繁衍下去，形成现在黎族的润、杞、哈、赛和美孚五个支系。

讲述者：卓国照，男，黎族，73岁，农民
采录者：保亭县文化馆普查队
　　采录于保亭县什玲镇大田村委会丁誓村

汉族、黎族和苗族的来由

传说，远古时候有两兄弟。哥哥叫老当，弟弟叫老定。说来也怪，两兄弟的妻子都怀孕三年了，但孩子都还没生下来，到处求医也没有用，孩子就是生不下来。有一天，来了一位眉毛黑黑、眼睛大大、头发和胡子都花白的老人。老人对老当和老定两兄弟说："想要生下孩子也不难，只要在你们家门前种一棵南瓜，等到南瓜开花结南瓜了，孩子就生下来了。"老人说完就不见了。

老当和老定按照老人说的话，在门前种了一棵南瓜苗。他们每天给南瓜苗浇水施肥，盼望它快快长大，快快开花结南瓜。南瓜苗慢慢开始长藤，老当和老定忙着做瓜架。南瓜藤长得很长很长，但还是没有开花。终于，当南瓜藤长到一万丈长时，开了一朵花，兄弟俩高兴极了，日夜轮流看护，生怕南瓜花受到损伤。南瓜花开了一百天后终于结了南瓜，就在南瓜花结南瓜的那一天，老当和老定的妻子平安地生下了孩子。哥哥的老婆生下的是个男孩，取名叫老先；弟弟的老婆生下的是个女孩，取名叫荷发。

老当和老定心想老人一定是个神仙，这棵南瓜也一定不是普通的南瓜。所以，他们更加积极地给南瓜浇水。又过了一百天，南瓜藤结了一个像房子那么大的南瓜。这时，天开始下雨，一下就是十年。大水淹没了整个大地，房子和田地都被大水冲走了，眼看人也要被水冲走了。老当和老定没办法，只好把南瓜挖了一个洞，把老先和荷发两兄妹放进南瓜里，还把牛、马、猪、鸡等动物也一起放进南瓜里，老鼠趁机也偷偷溜了进去。老当和老定把兄妹俩以及动物都放进南瓜后，怕水从洞口流进南瓜，就用蜂蜡把南瓜洞口密封了。雨还在继续下，水越来越大。大南瓜被水冲走，在水上漂啊漂。南瓜里的兄妹俩和牛、马、猪、鸡、老鼠都靠着吃南瓜肉活了下来。

十年后，大雨停了。大水慢慢退去，大南瓜被卡在了一座高高的山峰顶上。随后，这座卡住大南瓜的山被晒得裂开五个大缝，成了并排的五座山，也就是现在的五指山。

南瓜壳和铁一样硬，遭遇大水冲击和太阳暴晒都没坏。在南瓜里的老先和荷发想知道外面的天地是什么样子的，但没有洞口可以出去，于是老先和荷发就命令马去挖洞。马用它的角扎南瓜壳，可是南瓜壳实在太硬了，马一直扎呀扎呀，结果把两只角给扎掉了，还是没有扎出洞来。老先和荷发又命令牛去挖洞，牛见到马挖洞把角都扎掉了，不敢用角去扎，只用它的牙去咬南瓜壳。马用角扎都不能扎出洞，牛用牙咬怎么能咬出洞呢？结果牛把牙都咬掉了，洞还是没挖通。老先和荷发又命令猪去挖洞，猪见到牛用牙咬不行，就用它的嘴拱，拱呀拱呀，结果把它那尖尖的嘴拱得平平的，洞还是没挖通。最后，老先和荷发没办法，只好叫老鼠去挖。老鼠正好长着两颗又长又锋利的门牙，老鼠用它的门牙去啃，一直啃一直啃，啃了很久，才慢慢把南瓜啃出一个洞。从此以后，马没有了角，牛没有了牙，猪的嘴变成平平的了。

南瓜被咬出洞后，老先和荷发叫公鸡先出去，公鸡走出南瓜后，看见太阳把大地照得光亮光亮的，欢喜得直拍它的翅膀不停地"喔喔喔"大叫起来，告诉南瓜里的老先和荷发，这里是个好地方。

老先和荷发听见公鸡报平安的声音，骑着马，牵着牛，赶着猪，从南瓜里出来了。他们出来后就在海南的五指山山顶上居住。山顶上离太阳很近，非常热，他们就在山顶上挖了五口水井，天天打水洗澡，时间久了，洗澡的水就成了五条河。老先和荷发没房子住，他们就用树和树叶盖起一间大房子。山上的蚂蟥很多，为了不被蚂蟥咬，老先用沉香木做了上下床，荷发编织了两张草席，老先睡在下床，荷发睡在上床。日子久了，南风把老先的阳气，吹进睡在上床的荷发体内，荷发就怀孕了，肚子一天天大起来。

荷发怀孕的事传到了天神的耳朵里，天神以为老先和荷发兄妹俩通婚乱了天规，就派了乌鸦去跟天帝报案。天帝听了大怒，马上派雷公下地界调查。雷公下到地界，来到老先和荷发住的五指山，一眼就看见了大肚子的荷发，又看见他们兄妹俩住一间房子，非常生气，要用雷电劈死他们。地神知道后，赶来替他们求情，并把荷发怀孕的经过跟雷公说了，还说海南岛这么大的地方，就只有老先和荷发两个人，把他们劈死了，就没有人了。雷公听了地神的话，才没有劈死兄妹俩。但雷公说："如果人间有兄妹通婚，乱了天规，我就用雷电劈死他们。"说完他就举起手，兄妹俩和地神只听到"啪啪啪"的雷电声，一个大石头被劈裂，一棵大树被劈倒。从这时候起，兄妹就分房睡，一直到现在。

荷发怀孕三年终于生了，可却生出了一个肉团。荷发用一块棉布把肉团包起来，放在神位前。过了七天七夜，荷发打开棉布看，肉团仍然还是一个肉团，老先气恼地拿起刀切了三下，把肉团切成了三块。

荷发不忍心把肉块扔掉，就用棉布包一块肉，放在木板上，拿到南渡江上游放到江里，让它顺着江水流走。十个月后，这块肉团成了汉族。因为这块肉团是用棉布包着的，从此，汉族就有了衣服。荷发还想包肉块的时候，发现棉布不够用了，她找到一小块棉布包肉团，一小块不够包，又找来第二块，第二块不够又找第三块、第四块。荷发用四块小棉布片把肉块包好，放在山葵叶上，拿到万泉河上游，让它顺着河水流下去。十个月后，这块肉变成了苗族。今天苗族妇女的裙是四块布做成的，就是因为荷发用四块布包肉块。荷发要包最后--块肉时，再也找不到一块棉布了，她就用麻布包好肉块，把它拿到昌化江上游，放到江里，让它顺着江水流下去。十个月后，这块肉就变成了黎族。就是因为荷发用麻布包肉块，所以黎族妇女从古至今都会织麻布，做麻衣。

讲述者：卓金香，女，黎族，70岁，农民
采录者：保亭县文化馆普查队
采录于保亭县响水镇响水村委会什掘一队

兄妹传人种

古时候，有一只螃蟹修炼了一千年，成了精。螃蟹精非常凶狠，爱吃人肉，经常出来抢劫弟旦翁和弟奥①，闹得人们白天不敢外出干活，晚上不敢自己睡。

螃蟹精不但吃人肉，还破坏人们的庄稼。每次它出山洞时，总是刮起一阵大风，把人们所种的稻谷、玉米都刮倒。人们被螃蟹精害得很惨，生活过得很艰苦。

人们实在是活不下去了，就去请求雷公来救他们。雷公知道螃蟹精害人，非常生气，马上派了天兵去捉螃蟹精。天兵一个个武功高强，但修炼了一千年的螃蟹精更厉害，它的两把长长的大钳子，左转右转，转来转去，像风一样"呜呜呜"地响。天兵围着螃蟹精与它打了七天七夜，不但没有捉到螃蟹精，反被螃蟹精夹得死的死，伤的伤。天兵没有办法，只好回到天上报告雷公。雷公听了，气得脸都黑了。他马上站起来，亲自带天兵去捉螃蟹精。雷公一会儿用雷打，一会儿用电烧，与螃蟹精大战了九天九夜，打得螃蟹精头晕眼花，一条腿也被雷电烧没了。螃蟹精打不过雷公，就逃到大海里，雷公一直追到海边。雷公叫海里的鱼和虾都上岸，然后用尽全身力气劈开海水，把螃蟹精捉了起来。

雷公把螃蟹精带回天庭审问，可是不管雷公怎么审问，螃蟹精都

---

① 弟旦翁：黎语直译，年轻姑娘。弟奥：黎语直译，儿童、小孩子。

不理不睬。雷公气得眼睛瞪得跟竹筐那么大。他看着螃蟹精说："我警告你螃蟹精，你要是还敢危害老百姓，我就用雷电烧死你。"螃蟹精眯着小眼睛，趴在地上一动不动，它趁雷公不防备，用它的大钳子狠狠地夹住了雷公的脚，雷公痛得"哎哟哎哟"地叫。雷公审问螃蟹精本来就很生气，又被螃蟹精夹就更生气了。雷公气得直跺脚，拿起一个大铁锤，向螃蟹精砸去，把螃蟹精砸扁，砸死了。这下坏了，螃蟹精被砸扁，肚子里的黄水流了出来，流了七天七夜，变成了洪水。

　　大水淹没了山，淹没了田，淹没了房子，淹没了大地。所有的人都被淹死了，只剩下躲进葫芦瓜里的兄妹俩。他们在葫芦瓜里随着洪水漂，漂呀漂呀，漂到了海南岛的五指山，被五指山峰挡住了。洪水退去后，大地一片荒凉。兄妹俩为了生存，到处寻找有人住的村庄，他们找遍了整个海南岛，也没见到一个人。兄妹两人在海南岛生活了一年又一年，眼看就老了但都没有儿女。没有儿女，他们死后就再也没人类了，兄妹俩为没有后代发愁。

　　有一天，兄妹俩上山种山栏稻，看见一只大山龟，就问大山龟："龟啊龟，这么大的天下还有人吗？"大山龟突然说话："这么大的天下就只有你们两个人了，只有你们兄妹俩结婚生孩子，以后这海南岛上才会有人。"兄妹俩听山龟说要他们结婚生孩子，都生气地说："呸呸呸，今天见到这只老龟，真倒霉。"说完你一脚我一脚把山龟踢下山沟里。

　　又有一天，兄妹俩上山砍竹子围山栏园。他们问了一棵山竹："山竹呀山竹，天地这么大，还有人吗？"山竹说："一个人也没有了，你们只有结婚生孩子，才会有很多人。"兄妹俩听了山竹的话非常生气，就把山竹砍成一节一节扔在地上，还愤愤地说："山竹啊山竹，只要你能一节一节接回像原来的一样，我们兄妹俩就结为夫妻。"这时，一只山龟爬了过来，把一节又一节竹子叼来接在一起，山竹恢复成原来的样子。兄妹俩仔细一看，原来是那天他们用脚踢的那只老山龟。山龟说："现在竹子连成原来的样子了，你们可以结为夫妻了吧？"可是，兄妹俩还是说："我们兄妹要是结婚了，会被雷公劈死的。"天上的雷公知道人世间经过一场大洪水后，人都死光了，心里非常难过。有一天，雷公变成一位头发全白的老阿公，下凡到海南岛五指山找到兄妹俩，让他们结婚延续后代。可是，兄妹俩还是说他们要是结婚，会被雷公劈死，因此不肯结婚。扮成白发老人的雷公说："不用怕，我就是雷公，你们结婚生孩子，人类才不会绝种，我是不会劈死你们的。"兄妹俩不相信，雷公又说："如果你们不相信我是雷公，等一会儿我用雷电劈前面的那棵大树给你们看。"说完，雷公一举手，前面那棵大树就被雷劈成两半。兄妹俩看见大树被劈成两半，终于相信了老阿公的话，结为了夫妻。

十个月后，妹妹生下了一个肉团，哥哥非常生气，就把肉团切成三块抛到了山下。有一块被山猪叼到了山上，变成了黎族；一块肉被狗熊叼到了山上，变成了苗族；一块肉还在山下的平地里，变成了汉族。

讲述者：陈文章，男，黎族，75岁，农民
采录者：保亭县文化馆普查队
采录于保亭县保城镇西坡村委会大坡一村

七指岭温泉的来由

古时候，五指山大仙有七个儿子，个个长得高高大大。

有一天，五指山大仙把七个儿子叫到面前，对他们说："孩子们，你们都已经长大成人了，我有一件事要你们去办，你们愿意去吗？"七个孩子都说："阿爹，什么事？您说吧！我们一定按照您说的做。"五指山大仙高兴地说："是这样的，我有两个好朋友，一个叫帕耀，一个叫娜咤。他们两兄弟住在南方很远的地方，那个地方原来是个好地方，人们生活好，年年丰收。可是，有一年风魔被我打败后，跑到那里去害人。"七个孩子听了都说："有这种事哦，阿爹您怎么从来都没有说过呢？"五指山大仙说："不跟你们说，是因为你们还没长大，不是它的对手，现在你们都长大了。"五指山大仙就把风魔跑到帕耀和娜咤他们住的地方后如何天天吹风，那又大又冷的风吹得那些鸡、鸭、牛、稻谷和树倒的倒，死的死；河里的鱼虾因河水太冰冷而死光；帕耀和娜咤为了挡住风魔，造了一座山岭，但山岭不够高挡不住风魔，帕耀的七个女儿站在山岭上挡风魔，变成七座山岭的事情一一告诉了七个孩子，并对他们说："孩子，你们现在马上去帕耀七个女儿变成的七座山岭下让河水温暖起来吧。虽然风魔被挡住了，但是那里的河水依然很冰冷，河里的鱼虾依然存活不了。"七兄弟听阿爹把话讲完，马上就出发了。

　　他们不停地走了三天三夜，蹚过了七十七条河，翻过了九十九座山，终于来到七座山岭脚下。他们看到这里寸草不生，河里冒着冷气。老大叫大家一起想想怎么样才能把这里变得温暖起来，让这里人们的生活好起来。老二说："要我说就把风魔赶走，这里自然就会暖起来的。"老三接着说："大地和河水都被风魔吹冷了，我看还是砍柴把火烧起来，这里就会变暖的。"老四说："二哥和三哥说得都对。"其他兄弟都同意老二和老三的想法。于是，老大说："那就先把风魔赶走，再去砍柴吧。"七兄弟说干就干，他们备好弓箭，守在风魔出没的地方，但是守了七天七夜都没有看见风魔出现。

　　有一天，七兄弟守到天黑，又饿又困。大家迷迷糊糊要睡着的时候，突然一阵冷风吹来，七兄弟被惊醒，"呜呜呜"，风越来越大，周围变得越来越冷。老大眼疾手快，"嗖嗖嗖"连射了七支箭，其他兄弟也都同时用箭射向风魔，风魔躲不过那么多箭。只听一声惨叫，风魔被箭射中受伤逃走了，天空马上明亮了起来。

　　风魔逃走，天空变明亮了，但大地和河水还是冒着冷气。老大叫大家快快去砍柴，七兄弟个个都高大有力，每个人砍一担柴来，堆成一堆，像高山一样高。烧起火后，大地变得通红，慢慢暖了起来，可是河水还是冷冷的。老五看着通红的大火，摇摇头说："看来三哥的办法没有多大用，还要再想别的办法。"老六想了想说："我们大家躺在河里，用我们的体温让河水变暖起来。"最小的一直不说话的老七不甘落后，也要帮忙想办法，他说："光靠我们的体温，河水还是暖不起来的。"老四也抢着出主意说："这好办呀，我们吃很多的火炭，体温不就升高了嘛。"老大看了看周围说："这里没有这么多树可以砍来烧了，我们还是回五指山吧。"七兄弟只好回五指山去了。

七兄弟回到五指山，马上砍柴烧制火炭。他们烧出了很多很多的火炭，一边烧一边吃，吃得个个都全身通红后，立马赶到七座山岭下。七兄弟有的跳进河里，有的跑到小溪，有的跑到水塘，把整个身体都泡在河水里，水冒着热气滚了起来。凡是有七兄弟躺的、泡的、坐的水全部都滚烫起来了。

从此以后，这里一年四季，大地温暖，河里流着热水，地里冒着热气，人们把这个地方叫作"南实"①。大地变暖了，水也变暖了，树木生长了，河里的鱼虾活了，人们的生活好了起来，世世代代过着幸福的生活。

讲述者：陈川权，男，黎族，68岁，农民
采录者：保亭县文化馆普查队

采录于保亭县

---

① 南实：黎族方言，烫水的意思。

传　说

/地方传说/

响水河

七仙岭下的四弓峒有一条深不见底、宽不见边、常年流水不断的河，名叫"响水河"。关于响水河，有一个动人的传说。

传说，很久很久以前，四弓峒的响水河不叫响水河。那时候，当地的人们把它叫作"南涟"①。这条河很深很宽，看不到边，一年四季都不会因干旱而变干枯。河边一带的树木长得非常茂盛，到处开着各种鲜花，风景非常美。生活在河附近的人们，用河水灌溉稻田，年年丰收，生活幸福。

---

① 南涟：意译为水波粼粼，水很大的意思。

有一天，南海龙王出来巡察人间。它经过四弓峒时，看见有一条河，河水很深，河面很宽，而且河边的风景很美，就从天上飞了下来。龙王非常高兴，一头扎进河水里不停地游起来，它游呀游呀，越游越高兴，不停地飞跃着。龙王一会儿露出河面，一会儿又扎进河里，把河水搅得"哗啦哗啦"地响。龙王游够了，就在河边看风景，很久都不肯离开。以后，龙王每天都来到四弓峒这条河里游水，游够了就在河边看风景。龙王游水时发出"哗啦哗啦"的水响声，传得很远很远。住在这条河一带的人们，听到河水发出"哗啦哗啦"的响声，觉得很奇怪，个个跑到河边来看。只见一条闪着金光的龙在河里游水，它从河头游到河尾，把河水搅得"哗啦哗啦"地响。人们被眼前的一幕惊呆了，一直看到龙王游够玩够，龙王朝南海的方向飞走了。

每次龙王来游水，这条河就会发出"哗啦哗啦"的水响声。从此以后，人们就把这条河叫作"响水河"。

讲述者：高文理，男，黎族，80岁，农民
采录者：保亭县文化馆普查队
采录于保亭县响水镇响水村委会什掘一队

七仙岭的传说

　　传说，古时候的七仙岭还是一片平地，没有现在的七仙岭。那里土地肥沃，生长着各种各样的花草和树木，一年四季开满各种鲜花，真是美丽极了。好山好水，好田好地，生活在那里的人们，种了很多槟榔、椰子，还养了很多牛，过得很幸福。

　　天上的七仙女从天上看向人间，看见那里的风景非常美就飞下来了。她们来到人间，发现人间比天上还美，人们善良又好客。她们在盛开着各种鲜花的地方看花、摘花，你追着我，我追着你，跑来跑去，多远都能听到她们的笑声。她们一直玩到天黑，才不得不离开返回天庭，从此以后，七仙女每年都偷偷下凡到那里游玩。有一天，七仙女又偷偷下来玩，她们玩累了，就在附近的一个湖里洗澡。湖水清澈见底，冒着热气，仙女们在里面泡着澡，所有的疲劳都没了，全身舒服极了。附近有一个村寨，寨里有一个孤儿叫"打弄"，从小没有了爹和娘，靠给峒主放牛过生活。他孤单一个人，白天放牛看看风景，看看牛吃草，还好过；晚上一个人在破旧的小茅屋里怎么也睡不着，想着自己从小没爹没娘，病了没人照顾，衣服破了没人补，到了娶亲的年龄也没有姑娘愿意嫁给他，就是有姑娘看上他，也没有人愿意去给他说媒，因为他拿不出彩礼。

　　有一天打弄又去放牛，一头小牛掉到坑里了，其他牛都走了，只剩下母牛站在小牛掉下的坑旁不停地叫，一直到打弄把小牛从坑里抱上来，母牛才停止发出叫声，用舌头舔了舔小牛的脸，带着小牛走了。打弄看到母牛那样爱护小牛，不由想起死去的母亲，非常伤心地唱起来：

七星出来七十一，

哥做孤寒单单身，

子不容大父早死，

弃子在后多可怜。

七星出来七十二，

有母生来无母饲，

子不容大母早死，

弃子在后沿路啼。

七星出来七十三，

侏做孤寒到现那，

早起不离三担水，

晚回不离三担柴。

七星出来七十四，

不得个人理红丝，

做人孤寒谁想要，

单身转转年过年。

……

到了中午，牛吃饱了就跑到河水里泡水。打弄坐在一棵树下靠着树干休息，迷迷糊糊就睡着了。他梦见一位老阿婆对他说："年轻人，不要伤心，你去温水湖，如果看到有七位姑娘在洗澡，你就偷偷把一位姑娘的衣服拿走，那个姑娘就会成为你的娘子了。"老阿婆说完就不见了。打弄醒来，半信半疑地向温水湖走去，可是他在温水湖边什么也没看见，心里暗骂自己不该相信梦境。正在打弄准备离开时，七仙女一个接一个从天上轻轻飘下，他慌忙躲到一棵大榕树的后面。仙女们来到湖边，脱下衣服搭在湖边的树枝上，就到湖里洗澡，打弄躲在树后偷偷用竹竿勾走了一套衣服。仙女们在温水湖高兴地戏水，眼看着天就快黑了，一个个只好洗完上来穿衣服。有一个仙女找来找去都找不到自己的衣服，其余的仙女着急地催道："七妹，快快走，天门关了我们就回不去天庭了。"她们不停地叫，可是七妹还是找不到衣服。她们没办法，只好自己先回天上去了。

　　姐姐们都回天庭了，天又黑了，七妹急得哭了。这时候，躲在树后面的打弄说话了，他说："姑娘啊，你哭什么？"七妹突然听到树后有男人的声音，吓得跑到水里。打弄接着又说："姑娘啊，你是不是找衣服啊？我帮你找到你的衣服，你就嫁给我吧。"七妹没办法，只好答应打弄。打弄见姑娘答应了，就把衣服还给七妹，拉着七妹一起回家去了。

　　七妹和打弄结婚后，打弄就不给峒主放牛了。他上山砍柴、打猎，七妹在家织布、洗衣、做饭，打弄回家就能吃上热乎乎的饭菜。七妹把家里的活干完，还教村寨里的妇女织布、种菜，村里的人都喜欢她。

　　六个仙女见过了很久七妹也没回天庭，又偷偷飞下人间，来到温水湖，在温水湖附近的小村庄找到了七妹。七妹和打弄两个人恩恩爱爱，让她们好生羡慕。七仙女留恋人间的美景和友情，不想回到天庭。一天又一天过去了，七仙女在人间的事情，终于被王母娘娘发现了。王母娘娘派信使下界召回七仙女，可是七仙女再也不想回到天庭，信使没办法，只好回去向王母娘娘如实禀报。王母娘娘听了信使的禀报后非常生气，立刻派天兵天将下界捉拿七仙女。天兵天将下界抓住了七仙女，在被押回天庭的路上，七仙女不愿听从就变成了七座山峰。从此，人间就把七仙女变成的相连的山峰叫作"七仙岭"。

讲述者：陈文章，男，黎族，75岁，农民

采录者：保亭县文化馆普查队

采录于保亭县保城镇西坡村委会大坡一村

七峰岭与平顶山

古时候，三弓峒有一个名叫楠的老阿公，他没有儿女，与拜扣①相依为命。他们开辟了很多田地，种了很多槟榔、椰子，还养了一群牛，过得很幸福。可是他们已经很老了，还没有孩子，他们很苦恼也很伤心。

一天晚上，楠的老婆梦见两颗星星掉进她的怀里，然后就不见了。她到处找，怎么也找不到，醒来发现原来是一场梦。过了不久，楠的老婆就怀孕了，生下一对双胞胎儿子。夫妻俩非常高兴，杀了一头牛，请村里所有的人都到他家喝酒。楠给大儿子起名叫"那耀"、老二起名叫"那吒"。他们从小就跟着父亲上山打猎下田干活，养成勤劳和诚实的品质。

时间过得真快，转眼间那耀和那吒已经长成青年。兄弟俩哥哥长得很高，弟弟却长得很矮，但是一高一矮正好相配。摘野果、挑水、砍柴的活让高个子的哥哥做。弟弟个子矮，在爬山、钻山洞、抓野鸡、抓野兔方面身手灵活。两个人上山打猎，谁都不会空手回来。楠看着两个儿子长大有本事了，心里非常高兴。

有一天，楠想知道两个儿子到底有多大本领，就对两个儿子说："孩子，你们谁能去大海抓鱼回来呢？"兄弟俩争着要去大海抓鱼，都说能。楠笑着说："好，那你们都去吧，看谁抓的鱼多。"兄弟俩为了证

---

① 拜扣：译为老婆。

明自己有本领，第二天，天刚刚亮就出发去大海边。那耀个子高，脚步大跑得快，那吒矮脚步小，但他两步做一步，也跑得很快，两个人同时来到大海边。海边有很多海鸟，见有人来就"扑扑"地飞向天空，海大得看不到边，阳光照在海面，一闪一闪，非常好看。那耀一心只想抓鱼，没心思看风景。那吒被美丽的大海迷住了，只顾着看风景，把抓鱼的事忘了。中午过后，那耀抓到一担鱼找那吒一起回家，却到处找也找不到那吒，眼看天就要黑，只好自己回去。

看见那耀挑着一担鱼回家，楠非常高兴，但又见只有那耀一个人回来，就问那吒为什么还没回来。于是那耀就把那吒看见大海很美，到处看风景的事情说了。再说这个那吒，他没见过大海，高兴得到处看到处玩，鱼都忘记抓了，一直玩到天黑才想起抓鱼。天黑了，鱼都躲到石头洞里。那吒抓不到鱼，怕回去难看，就在海岸边抓小虾。

天快亮时，那吒才提着一点小虾回来。楠问他为什么只抓一点小虾回来，那吒不敢说他顾着玩，就说假话："想不到海那么大，连一条鱼也没有。"

楠听那吒说海里没有鱼，就说："你说海里没有鱼，你看看你哥哥都抓到一担鱼了。"那吒看到哥哥满满一担的鱼，再也没话好说了。楠又对兄弟俩说："离我们这里不远，有座风门岭，大风年年从那里吹来，不是吹倒稻谷就是吹坏稻花。我们年年收成不好，生活不好过。我想在我们周围，堆起山岭挡风，你们看怎么样呀？"

那耀听了楠的话，说："这个办法好啊，我们明天就开始动手干吧。"

那吒想了想说："要造山岭挡风，哪有那么容易。"

那耀说:"当然不容易,但只要有信心,不偷懒,不贪玩,什么事都能办成。"

楠也说:"对,那耀说得不错,做什么事都要有信心。你们两个人就去做这件事,看谁做得最好。"

第二天,那耀就开始搬石头堆造山,他把附近的石头都搬完了,就到海边去搬。去海边搬石头太远,造山慢。那耀为了尽快把山造成,想出用鞭子赶石头的办法,他挥着鞭子,石头就你跟着我、我跟着你,排队回来。不久,那耀就用石头堆起比风门岭还高的大石山。那吒见哥哥的山岭已经造成,急忙找石头,但石头都被哥哥搬完了,他只好用土堆山。

楠看了兄弟俩造的山岭后说:"你们谁做的山岭坚硬?"

那耀说:"我用石头造的山岭坚硬。"

那吒也说:"我用土堆的山岭坚硬。"

楠说:"你们都说自己的山岭坚硬,这样吧,那耀用箭射那吒造的山岭,那吒也用箭射那耀造的山岭,看谁的山岭坚硬。"

那吒急着想射塌那耀的山岭,抢着说:"我先射!"说着就拉开他那牛角弓"嗖"地连射了六箭,把那耀造的山岭射成七座山峰,后来人们就把这七座山叫作七峰岭。那吒射完后,那耀才开始拉弓,"嗖"一箭射去,那吒用土造的山岭就被射去了一截,山顶被射平了,从此,人们就把这座山叫作平顶山。

讲述者:陈家平,男,黎族,60岁,农民

采录者:保亭县文化馆普查队

采录于保亭县保城镇西坡村委会新村

风门岭

传说，很久以前，这个山岭不叫"风门岭"。那时，不知从哪里跑来一个风魔，这个风魔住在这座山的山洞里，不停地吹着风，把树和庄稼都吹得倒的倒，死的死。

七仙岭一带，风魔来之前，人们生活得美满幸福，种什么得什么，年年丰收。自从风魔来后，人们种下的庄稼被风刮死，生活越来越艰难，纷纷逃难到别的地方。

七仙岭下有一个超八村，村里有一个孤儿，名叫稿寒。他从小没有父母，都是村里的乡亲照顾他，他吃乡亲们的饭长大，长大后靠打猎生活。他不忘乡亲们对他的恩情，只要村里哪家有事，他总是跑前跑后帮忙，大家都很喜欢他。稿寒看见人们被风魔害得生活不下去，非常气愤，下决心一定要杀死这个害人的妖精，让人们过上好生活。

有一天，稿寒打听到风魔就住在七仙岭下的一个山洞里。他就砍来一种叫"购勒"的树，做成弓。这种树韧性好，将它做成弓后，用多大的力拉都不会断。做好弓后，稿寒又砍来一种叫"看"的小山竹，"看"只有拇指粗，但非常坚硬。稿寒把"看"削得尖尖的，用火烧红后，泡在水里，一直泡了三个月。三个月后，稿寒背着弓箭上七仙岭，但他在山上找来找去都找不到风魔。在七仙岭附近找不到，就到其他山上找，他找呀找呀，一天一天地过去了，还是找不到风魔。他吃完了带的干粮，就摘野果吃，渴了就喝山泉水。有一天，稿寒饿了去找野果吃，走过一条小溪时，觉得风很大，他感到奇怪，往回走回到原来休息的地方时，风就没有了。他高兴极了，心想：这一定就是风魔吹的风了，跟着这股风一定能找到风魔。他马上走过小溪，站在风里，看风从哪里吹来。过了一会儿，他就知道风是从哪个方向吹来的，就顺着风吹的方向找。稿寒走着走着，风越来越大，刮得他眼睛睁不开，几次差点被风刮走，没法往前走。但他还是抓着树枝一步一步继续往前走，最后他来到了一座山上，终于看见了一个很大很大的怪物。只见这个怪物正张着大嘴巴，嘴巴像一个大山洞一样，风就是"呼啊呼啊"从它的大嘴巴里吹出来的。稿寒背靠着一棵很大的"葛赛"树，拔出箭，拉开弓"唰唰"地向妖精射去。箭射出去又被风吹了回来，根本射不到风魔。稿寒不停地射，把箭都射完了，可是连风魔的皮都没伤着，风魔还是"呼啊呼啊"不停地吹着风。稿寒见用箭伤不了这个害人的风魔，气得两眼直冒火。他又从刀鞘里抽出砍刀，向风魔冲去，想用力砍死风魔。可他刚离开大树，因为没有树挡着他，他一下就被风吹走了。

　　稿寒被风吹到了几十里外，迷迷糊糊的时候，像做梦一样看见一个胡子很长的老人，来到面前对他说："年轻人啊，你的箭和刀是伤不了风魔的，我这里有一支箭送给你。"老人说着把箭给了稿寒，然后就不见了。稿寒醒来后，看见一支箭在他的手中，这支箭闪闪发光。稿寒拿着老人送的箭又去找风魔。只有一支箭了，为了能一箭就射死风魔，稿寒拼命向风魔靠近。越来越近了，离风魔就差几步路时，稿寒把老人送的箭，狠狠地向风魔射去。说来也奇怪，这支箭刚离开弓，没有像他的箭一样被风吹了回来，而是直直地向风魔射去，射到了风魔的身上，钻进了风魔的体内，风魔的血一下子喷了出来，血流成河死了。

风魔死后，它那高大的身体就化成了一座山岭，嘴巴变成了山洞，从此人们就把这座山岭叫作"风门岭"。"风门岭"意思就是风从这座山岭吹出来，形成一条风路。现在人们路过七仙岭脚下的西坡村委会和什玲镇的八村一带时，都觉得那里的风比其他地方的风还要大很多。

讲述者：陈文章，男，黎族，75岁，农民
采录者：保亭县文化馆普查队

采录于保亭县保城镇西坡村委会

七姐妹峰

古时候，生活在毛盖一带的人们，年年丰收，生活幸福。

有一天，不知从什么地方跑来一个风魔，它白天吹热风，晚上吹冷风。白天吹起热风，热得田干裂，稻谷干死。晚上吹起冷风，冷得人们无法入睡，只能整晚烧火，烤火取暖。猪、鸡、鸭、牛都被冻死。人们无法生活，一个个逃难到别的地方生活。

毛盖村有一户人家，生下了七个女儿。七个女儿个个都勤劳漂亮，又心地善良。她们砍柴、种地、洗衣、做饭，里里外外的活都能干。一家人过着平安幸福的生活。风魔来了以后，打破了她们的好生活。她们不想也不舍得离开她们祖祖辈辈生活的地方，商量着用什么办法对付风魔。她们商量来商量去，最后决定搬石头堆山，用山来挡住风魔。于是，她们在大姐的带领下，开始紧张地造山。

七姐妹造山的事让风魔知道了，当七姐妹造山造到一半时，风魔就吹起风来。它一边吹着风，一边大笑着说："你们真可笑，以为造山就可以挡住我了？"风一阵比一阵大，一阵比一阵猛，刚刚造的山不够高，根本挡不住风，树啦、草啦、土啦被风吹得满天飞。

最小的妹妹紧张地说："姐姐，怎么办呀？你们快想个办法吧。"

大姐镇定地说："我去挡住这个风魔。"说着就站到山上。

二姐马上说："我跟大姐一起去。"

三姐也说："我也跟大姐一起去。"

接着四姐、五姐、六姐都跟着大姐上去挡风魔，最小的妹妹见姐姐们都站到山上挡风魔，急忙叫道："姐姐，姐姐，你们等等我，我也和你们一起挡风魔。"说着也跑上了山顶。

七姐妹手拉着手并排站在她们造的山的山顶上大喊："风魔，你吹吧！我们死也不会让你破坏我们生活的地方的。"

风魔气呼呼地说："小孩子也想挡住我？！"说着就对准七姐妹猛地"呜呜"吹着大风。七姐妹的头发被吹散，头钗被吹飞，上衣和筒裙也被吹破，可是她们一直站在山上，一动也不动。风魔一会儿吹热风，热得七姐妹全身流着大汗，渴得嘴唇干裂；一会儿又吹冷风，冻得七姐妹脸黑嘴黑，全身发抖。风魔吹了七天七夜，七姐妹还是一动都不动地站在山顶上，日复一日，年复一年，变成了七座山峰。七姐妹变成的山峰挡住了风魔，从此以后，人们过着幸福的生活。人们为了永远记住七姐妹挡住风魔的事情，就把七姐妹变成的山峰叫作"七姐妹峰"。

讲述者： 陈家平，男，黎族，60岁，农民
采录者： 保亭县文化馆普查队
采录于保亭县保城镇西坡村委会新村

老奈与千龙洞

相传很久以前，毛感峒有一对夫妻，老了才生下了一个男孩。这个男孩一出生就满身都是疮，所以取名叫"老奈"。说来也真奇怪，老奈全身长满了疮，还流着脓，可是他从来不哭不闹。父母找来草药煮成药水，想洗他身上的疮，他也不让洗。老奈全身长着流脓的疮，没有人敢抱他。他的父母带他去种山栏时就把他放在竹筐里，吊在一棵大树下。

有一天，南天府的两个巡官骑马经过老奈父母的山栏地，看见老奈的父母正在打穴种山栏稻，想拿些山栏谷喂马，便站着不走了，心里暗暗想主意。一个巡官问道："你们夫妻今天种山栏稻，一共打了多少个穴？"另一个巡官就说："你们要是回答不出来，我们就拿你们的山栏谷种喂马。"老奈的父母哪里会懂哪，听了两个巡官说的话都呆住了。两个巡官见老奈的父母回答不出来，就高兴地大笑着准备去拿山栏谷种。这时，躺在竹筐里的老奈伸了伸懒腰说："我要问两位巡官老爷，你们今天从南天府骑马来到这里，路上留下了多少个马蹄印呀？"两位巡官突然听到竹筐里传来人声，觉得非常奇怪，走过去一看，竹筐里躺着一个全身长满脓疮的男婴，更加觉得奇怪，慌张地骑着马跑了。

两位巡官回到南天府，马上就把他们遇见的情况向南天王报告。

南天王害怕老奈长大后对他不利，就暗暗派人去害死了老奈的父母，想让老奈饿死。可是老奈被一位老人捡到，抱回家抚养了。老奈一天天长大，身上的疮也越长越大。老人见老奈全身长疮，流一身的脓水，非常心疼。他每天上山采草药给老奈治疗，但一直没治好。老奈全身都是疮，任谁见了都害怕，老奈却不在乎，见谁就对谁说他身上的都是宝贝。

老奈十八岁那天晚上，正好是月圆的时候，他一口气挑满了十六口缸的水，对养他的老人说："阿爸，您有光银①吗？有的话就请您在每个水缸里放两个光银吧！我要洗澡。"老人听老奈说要洗澡，心里想：哎哟，今天是什么日子，从小到大要给他洗澡，他都不肯，今天是要做什么？说不定今晚一洗澡身上的疮就会全好了。老人高兴地说："有有有，我给你拿。"待老人把光银放进每个缸里后，老奈叫老人关门、关灯，然后把身体泡在缸里，一个缸又一个缸，一直泡到鸡鸣才泡完十六缸水。老人早上起来去看，看见十六口缸里都是闪闪发光的银子。再去看看老奈，发现老奈身上的疮全都不见了，变成一个又白又嫩的英俊年轻帕曼②。老奈走出门，村里的人都非常惊讶，都说老奈是神仙。

老奈身上的疮全好了，成了一个人见人爱的年轻人。不管多远的有钱人，都托媒人为自己的女儿说媒，可是老奈一个都没看上。老奈二十岁那年爱上了邻村一个叫石伦的美丽姑娘，两个人成了亲。

毛感峒非常缺水，村民们祖祖辈辈要翻过南门岭到很远的河里，挑水回来做饭。石伦也不例外，在嫁到毛感峒后，每天都要翻过南门

---

① 光银：光银子，意为白银。
② 帕曼：黎语中指男人。

岭，到河里挑水回来用，非常辛苦。老奈想来想去，决心要把南门岭边的南流河水开到村里来。

有一天，老奈想来想去，也想不出什么好办法，一气之下，喝了三坛酒，提起脚用力踢倒了南门岭，堵住了南流河水，河水就这样流进了石头村。石头村有水了，可是南天府就闹水灾了。南天王大怒，召集兵马要去攻打毛感峒抓老奈。老奈知道这件事后，对村里的乡亲们说："不要怕，我们住在高石岭上，只要我们挖山洞，躲在山洞里，南天王就找不到我们。"村里的人都知道老奈不是一般的人，都愿意听他的。于是老奈就派人分头去崖州、万州、琼州、儋州买回很多锄头和铁铲，大家每天都挖山洞，一共挖了四个山洞。山洞挖成后，老奈又用石头在山洞做了石桌、石凳、石床、石碗、石椅、石罐，还在石洞壁上画出各种美丽的图案。

南天王来攻打毛感峒时，老奈叫所有的人牵上牛，赶着猪，抱着鸡鸭，把家里的东西都搬到山洞里去。四个山洞一个连着一个，毛感峒所有的人都能住进去，可是山洞里，黑黑的什么都看不见，也没有水，还缺少空气，人们很难在山洞里久住。石伦见大家在山洞里很难受，非常伤心，为了让大家高兴，石伦便唱起了山歌。萤火虫听到她悠扬动听的歌声都纷纷飞来，把洞里照得跟白天一样。洞里缺少空气，老奈心想乡亲们是因他才受苦的，心里过意不去。老奈听养他的老人说，这里的山神有一把扇子，想扇什么风就有什么风。老奈天天去求山神借扇子给他，最终山神被他感动，就借了扇子给他。

老奈拿着扇子站在山洞的北边，轻轻一扇，北风就吹了起来，冷得人们直打哆嗦。养他的老人又叫他去问山神，怎样才能扇出清凉的风。老奈马上又跑去找山神，山神告诉他要想有清凉的风，就站在南边扇。老奈从山神那里回来后，按山神教的办法站在洞口的南边，轻轻一扇，清凉的风就吹了起来。山洞里亮起来了，也凉快了，可是没有水，人们没办法煮饭，鸡、鸭、牛、猪、狗也没水喝，人们还是很难在山洞里生活。养他的老人又对他说："听人说南海有龙，能挖沟放水，你去找龙王帮忙，求龙王给我们水吧。"老奈听了连夜跑去南海，跑呀跑呀，跑了三天三夜，终于到了南海且找到了龙王。不管老奈怎样求，南海龙王就是不肯帮忙，老奈没办法，气鼓鼓地用脚搅着海水，搅得海水翻滚，龙王也被搅得头晕眼花，只好答应派千条龙去帮老奈。老奈借来千条龙帮忙挖了一条地下河，一直挖到山洞里。

有了水，人和鸡、鸭、牛、猪、狗都能在山洞里生活了。等到南天王几次派人来攻打毛感峒时，老奈和石伦带着毛感峒的人们从这个山洞转移到那个山洞，南天王到处找不到人，只好愤愤地回去了。从此以后，毛感峒就有了四个山洞，千条龙挖一条河把四个山洞连了起来，洞洞通河水，人们便把这四个山洞叫作"千龙洞"。

讲述者：黄桂，男，黎族，55岁，农民
采录者：保亭县文化馆普查队

采录于保亭县

/风俗传说/

四马分尸的来由

从前，有一个叫劳胜的猎人，他的妻子跟一个汉商跑了，丢下一个刚学会走路的儿子。

妻子走后，劳胜是又当爹又当娘，与儿子相依为命。劳胜见别人的孩子有娘抱，哭了有娘哄，自己的孩子哭着喊娘，就恨死了那个骗走他妻子的汉商。于是他不管看见哪个汉商，都会愤怒地把对方给杀了。因此，他杀了很多汉商。

有人报了官，官府派了成百上千的兵，包围了劳胜住的村庄，要抓劳胜。劳胜见官兵来抓他，急忙爬上屋顶，用弓箭射死了很多官兵。官府见死了很多官兵还是抓不到劳胜，又派了更多的官兵。劳胜站在屋顶上看见官兵一批接着一批地向他冲来，他拉开弓箭"唰唰唰"地猛射，又射死了很多官兵。但由于太用力，把弓给拉断了，官兵见状冲了上来。眼见官兵就要爬上屋了，劳胜不知该怎么办才好，他急忙抓起盖屋子的茅草，向官兵甩去。一把一把的茅草像成千上万的利箭射向官兵，一批一批的官兵被茅草射中倒下。

官府见死了很多官兵，还是抓不到劳胜，就把劳胜的儿子抓起来关进牢房里。儿子是劳胜的命根子，他见儿子被抓了，只好去投案。

官府抓了劳胜，判他死刑，把他拉去砍头。当刽子手举起刀准备将劳胜的头砍下时，刀却从刽子手的手中脱手飞出，砍死了旁边的一个衙役。官府又命人用火烧他，用锅煮他，用了所有的办法都没能杀死劳胜，因此，官府非常恼怒地把他的儿子给杀了。

劳胜见儿子死了，悲痛得也不想活了，就对官府说："你们杀死了我的儿子，也把我杀死吧。"官府说："我们没办法杀死你。"劳胜流着泪说："我教你们一个能杀死我的办法吧，你们把四匹马牵来，让四匹马拉着我的两只手和两只脚。"于是官府牵来四匹马，把劳胜的两只手和两只脚绑在四匹马身上，然后，用鞭子用力抽打马的屁股，马拼命朝四个不同方向奔跑，劳胜被分尸了。

从此以后，黎族地区就有了四马分尸的刑罚，这也是最残酷的刑罚。

讲述者: 邢庆章，男，黎族，53岁，农民

采录者: 保亭县文化馆普查队

采录于保亭县保城镇春天村委会什办村

黎族"先吃山栏稻"的来由

从前，有个叫王老冲的人，他有两个女儿。

有一天，两个女儿到河边去玩。姐姐在河里玩水，妹妹在河边玩沙。妹妹用手挖沙，堆沙人。她挖着挖着，挖到了一个牛趾甲，就用它来装沙，堆沙人。当她把一点点的沙装进牛趾甲里，然后倒在地上时，地上就堆起了很高很高的一堆沙，她一下子惊呆了。妹妹又吃惊，又高兴，之后她就不用再辛苦地把沙一把把地搬来，因为只要用这个牛趾甲，一点点沙就可以堆很高很高的沙人了。于是，妹妹把牛趾甲带回了家。

后来有一天，全家人在山上干活，母亲叫妹妹先回家煮饭。临走前母亲对妹妹说："家里没有米了，你回去后，到村头的那个三叔公家借一点米回家煮。"妹妹听母亲叫她借米，很是难过，但不借米又没有米煮饭。就在她不知道该怎么办时，她突然想到在河边挖到的牛趾甲。她摘了几粒刚刚有点黄的山栏稻，就回家去了。

回到家以后，妹妹把几粒山栏稻剥去谷壳，放进牛趾甲里。过了一会儿，倒到锅里，就煮出了一锅非常香的米饭。全家人干完活回到家，看见妹妹煮了一锅的米饭，都高兴极了。母亲问妹妹怎么能借到这么多的米煮一锅的饭，妹妹告诉母亲说她没有借米，并把牛趾甲的事和用牛趾甲当米斗煮出一锅饭的经过告诉了全家人。

妹妹用牛趾甲当米斗煮出很多米饭的事很快就传开了。那些很久没米下锅和没有种子播种的人，都来求妹妹给他们量米和量种子。自从妹妹给他们量米、量种子以后，他们的生活慢慢地好了起来。

人们为了感谢妹妹，从此以后，每当到了收山栏稻的季节，都要让妹妹一家先吃刚收割的山栏稻。一代接着一代，一直到现在。

讲述者：林金妹，男，黎族，70岁，农民

采录者：保亭县文化馆普查队

采录于保亭县保城镇春天村委会什办村

"鼠日"不插秧的习俗

黎族人从古至今都有"鼠日"不插秧的习俗。每当到了插秧的季节，人们都要看准日子，千万不能在"鼠日"里插秧，否则稻谷成熟后就会被老鼠吃个精光。久而久之，这就成为一种习俗，一直流传到现在。这个习俗里还有一个故事。

很久以前，有一对夫妻生下了第一个女儿后，过了很久才生下第二个女儿。这对夫妻很宠小女儿，无论她要什么都给她，什么事都顺着她。不仅如此，还叫大女儿让着小女儿。因此，自小女儿出生以来，所有的事都由大女儿一个人来做。年复一年，两个女儿长大成人，个个出落成漂亮的大姑娘了。姐姐不仅漂亮，还聪明、勤劳、善良。她织在筒裙上的花跟真的一样，她的歌声像百灵鸟的声音一样动听。

有一天，姐姐上山砍柴时，看见一只青蛙的一条腿被一条青蛇咬住了。眼看青蛙就要被青蛇吞掉，姐姐急忙拿起砍刀向青蛇扔去，青蛇丢下青蛙吓跑了。由于青蛙的脚被青蛇咬伤了，姐姐找来草药给青蛙包好受伤的脚后，才把青蛙放走。

姐姐勤劳、漂亮，很多小伙都想娶她，每天上门求亲的人一个接着一个，可是姐姐一个也看不上。

有一天，姐姐到田里拔草，一直拔到中午。中午一片云也没有，太阳挂在天空，晒得姐姐满脸通红，像一朵红花儿，非常漂亮。这时正好一位英俊的小伙子骑着一匹白马经过。姐姐拔着拔着，汗水流了一脸，她站起身来擦擦脸上的汗水。她一抬头正好被经过的小伙子看见了，小伙子一下子看呆了，不肯走了。等姐姐拔完草回家，小伙子跟着姐姐回到家，问她的父母愿不愿意把女儿嫁给他。这对夫妻觉得小伙子人不错，就答应了。小伙子见姐姐的父母答应了，非常高兴，说过几天就来接姐姐进门。

姐姐就要嫁给有钱又英俊的男子了，本来是件高兴的事，可是妹妹怎么也高兴不起来。妹妹想：为什么姐姐的命这么好，要是我也能嫁给英俊又有钱的人该多好啊。妹妹越想越不甘心，她想来想去，想出一个诡计来。等姐姐上山砍柴时，妹妹悄悄跟在后面。姐姐想砍到大一些的干柴，就来到山顶上。当姐姐弯着腰砍柴时，妹妹偷偷从后面想把姐姐推下山，但一只青蛙突然跳到妹妹的背上，妹妹吓了一跳，身体一晃就掉下了山，摔死了。妹妹死后也改不了她的坏本性，变成了一只老鼠，专门吃庄稼。因此，人们就把妹妹死的那天，称为"鼠日"。"鼠日"这天谁都不能插秧，不然的话，庄稼就会被老鼠吃光，没有收获。

讲述者：黄月美，女，黎族，62岁，农民
采录者：保亭县文化馆普查队

采录于保亭县

黎族穿耳洞的来历

很久很久以前，七仙岭地区遇上了多年罕见的干旱。河里的水干枯了，田里的禾苗也枯死了，人们没有收成，家家户户都上山挖野菜填肚子，日子过得很艰难。

七仙岭脚下有一个村寨，名叫七弓峒，寨里有一个叫亚旦的年轻帕曼。有一天晚上，他梦见一位老人对他说："南海有一个海龙王，他有三个女儿，要想解除这次灾难，就得去求海龙王降雨。"早晨亚旦醒来，心想因干旱没有水，人们种不了稻谷，长期这样下去，山上的野菜也会被挖完，人们就会饿死，他决心到南海去找海龙王，于是便拿着一把砍刀和弓箭出门了。

亚旦一路不停地走，没有路他就用砍刀砍树开路，饿了就摘野果充饥，渴了就喝山泉水。腿被枯枝划破流血，脚磨破流血，他走过的地方到处有他的血迹。亚旦强忍着痛，拼命地走。他走呀走，翻过九十九座山，蹚过九十九条河，终于来到了南海边。

亚旦看见大海，大得看不到边。他心里想：这么大的海，要是能流到七仙岭，七仙岭的人们就有水种田了，就不用饿肚子了。怎样才能让海水流上去呢？亚旦一想到人们没饭吃，只能吃野菜、吃树皮过日子，就伤心地流下了眼泪。亚旦的眼泪滴到海里，惊动了海里的海龙王，海龙王派乌龟去看是谁哭得那么伤心。乌龟浮上海面远远看见亚旦一个人坐在岸边流泪，就游到亚旦面前，问他："年轻人啊！你为什么这么伤心呀？"正在伤心难过的亚旦，突然听到有人说话的声音，他左顾右看都没有发现什么人，只看见一只老乌龟。他觉得奇怪，自言自语地说："是谁在跟我说话？"老乌龟又说："年轻人，是我在跟你说话哪。"这时，亚旦才发现他面前的一只老乌龟正张嘴说话。亚旦就把七仙岭地区干旱，人们无法生活和他梦见老人叫他到南海找龙王降水的事告诉了老乌龟，还告知老乌龟他因为不知道上哪里能找到龙王，所以才伤心流泪。老乌龟听了，就对亚旦说："我就是南海里的乌龟宰相，我可以带你去找海龙王。"老乌龟说着就让亚旦坐在它的背上，并对亚旦说："你把眼睛闭上，不管听到什么都不要睁开眼睛，我叫你睁开时，你再睁开。"亚旦闭着眼睛，耳边只听到"呜呜"的响声。不一会儿，亚旦听到乌龟说："年轻人，你可以睁开眼睛了。"亚旦睁开眼睛一看，好漂亮的大房子，房子闪闪发光。正门中间的宝座上坐着一个牛角马面的人，两旁站着手里持着长枪的鱼和虾。乌龟朝宝座上的人点了点头说："尊敬的龙王，就是这个年轻人在哭，我把他给您带来了。"龙王就问亚旦为什么哭，亚旦又把七仙岭地区干旱，人们无法生活和他梦见老人叫他到南海找龙王降水的事告诉了龙王，并求龙王降雨救救七仙岭一带的老百姓。海龙王听了就对亚旦说："如果你能治好我女儿的病，别说要我降雨，你要什么我都给你。若治不好的话，我不仅不降雨，还会把你杀了。"亚旦为了人们能够过上好日子，什么都不怕，就答应了海龙王。原来海龙王生了三个女儿，小女儿名叫雅乌，从小聪明、漂亮。海龙王最疼爱小女儿，从不让小女儿离开他半步。有什么好吃的、好玩的都给小女儿。后来，小女儿不知得了什么病，龙王请了很多医生，开了很多药，都不见好，龙王非常难过。海龙王见亚旦答应为小女儿治病，就派鱼姑娘把亚旦带到海龙王小女儿的闺房里。没想到海龙王的小女儿一见到亚旦，病就全好了，她高兴地又唱又跳，美妙动听的歌声传遍整个龙宫，小鱼小虾们听了都高兴地跳起舞来。海龙王见小女儿的病好了，非常高兴，就对亚旦说："年轻人，你治好了我女儿的病，我的龙宫里什么宝贝都有，你想要什么，就随便挑一件吧。"亚旦说他不要宝贝，只要龙王降雨救老百姓，可是龙王一定要他挑一件。亚旦看满龙宫都是宝贝，不知挑哪一件。这时，一只小海螺悄悄地爬到他的身旁，对他说："我们三公主让我告诉你，你要挑就挑那个葫芦瓢，不管龙王给什么宝贝你都不要。"亚旦听了小海螺的话，就对海龙王说他要葫芦瓢。海龙王听到亚旦说要葫芦瓢，不情愿地说："除了葫芦瓢，你要什么都可以。"亚旦见龙王很不愿意把葫芦瓢给他，心里想：这个葫芦瓢一定是这龙宫中最好的宝贝，不然的话，龙王为什么不肯给他。于是就对龙王说他什么都不要，只要葫芦瓢。海龙王见亚旦一定要葫芦瓢，就让十几个鱼姑娘和他的小女儿，用布盖着头，叫亚旦猜哪个是他的小女儿，猜对了就给他葫芦瓢。十几个鱼姑娘盖着头，亚旦不知哪个才是龙王的小女儿，心里非常着急。这时，小海螺又来了。它告诉亚旦，用手摸一摸那些姑娘的耳朵，有耳洞的就是我们的三公主。亚旦听了小海螺的话，走过去一个一个地摸姑娘的耳朵，可是一直没有摸到有耳洞的。剩下最后一个时，亚旦一摸就摸到了耳洞，亚旦便选了这个姑娘并把她带到海龙王的面前。掀开盖头，果真是海龙王的小女儿。海龙王不想送葫芦瓢原来是因为在小女儿过生日时，他把葫芦瓢当作生日礼物送给了小女儿，葫芦瓢从不离开小女儿的身边。他把葫芦瓢送给亚旦，就等于把他最疼爱的小女儿送给了他，所以龙王不舍得。不过，海龙王再怎样不舍得也没办法，他已经答应了亚旦。龙王只好让老乌龟叫小鱼小虾拿来葫芦瓢和吃的，龙母从她的耳朵上取下一对耳环给女儿戴上，含着眼泪送女儿和亚旦上路。

小龙女雅乌临走时，用葫芦瓢打了一瓢海水。雅乌手拿着一瓢水跟着亚旦一路走，边走边洒，洒下的水汇成了河流。他们走过了三道镇、新政镇、响水镇和保城镇，回到了七仙岭，一路洒下的水就成了保城河。

亚旦和小龙女雅乌回到七弓峒，雅乌日夜吹笛吹箫，唱歌跳舞，七弓峒到处可以听到她的歌声和笛箫声。她的歌声和笛箫声飞到天上时，突然间乌云密布，下起雨来，树和草活了过来，河里有了水，又开始有鱼游来游去，人们开始种地，并相信生活很快就会好起来。七弓峒有一个峒主听说亚旦家有一个姑娘，会唱歌又会跳舞，是她唱歌跳舞让天下雨的，就马上派家丁来把雅乌抓走了。

亚旦正在田里干活，听人说雅乌被峒主抓走了，扔下锄头就去追，追到峒主家时天已经黑了。亚旦找到关雅乌的地方，偷偷地救出雅乌跑了。他们不敢跑回寨里，怕峒主又派人去抓，只好跑到山里。峒主发现雅乌不见了，亲自带领家丁去追。亚旦和雅乌跑呀跑呀，跑到一座大石头下，没路跑了，因为大石头后面是悬崖。峒主带着很多家丁很快地追了上来，亚旦和雅乌没路逃了，急忙爬上了大石头。峒主追到石头下，命令家丁爬上石头，但家丁爬一个落一个。峒主见家丁没办法爬上石头，气得赶走了家丁自己爬。眼看峒主就要爬上来了，雅乌耳朵上的耳环，突然发出光亮，照得峒主睁不开眼睛，只见他脚下一滑，滚下了悬崖摔死了。

之后亚旦和雅乌见黎族人的生活好起来了，就变成一对龙飞上天去了。从此以后，黎族人为了纪念小龙女雅乌，在他们的女儿一出生时就给她们穿耳洞，戴耳环。

讲述者：黄月美，女，黎族，62岁，农民
采录者：保亭县文化馆普查队

采录于保亭县

黎族"吃新谷"的习俗

　　黎族至今仍保持着"吃新谷"的习俗，就是吃刚收割的稻谷。每当到了收割稻谷的季节，家家户户不管有没有旧谷子，都要把新收割的谷子脱粒成新米，用新米煮成干饭，然后杀鸡宰猪，饮酒唱歌，庆祝丰收和祈求祖先保佑年年丰收、人丁兴旺。

　　传说古时候还没有稻谷，黎族人不会种稻谷，靠打猎和摘野果生活。到了冬天，打不到猎物，摘不到野果，他们就只能饿肚子，日子过得很苦。七仙岭脚下有一对年轻夫妻，男的打猎，女的摘野果，过得很辛苦。有一年冬天最冷，从来都没有这样冷过，身上只穿着遮羞布的夫妻冷得发抖，他们不能去打猎了，野果也不能去摘了，只能饿着肚子。有一天，夫妻饿着肚子在山洞里烧火取暖，烤着烤着就睡着了，梦见一位老人对他们说："我叫一只鸟给你们送稻种来，你们砍山种稻，就不用摘野果吃了，日子就好过了。"夫妻醒后，非常高兴。他们天天看有没有鸟飞过，可是天太冷了，一只蚊子都看不见，更不用说天上会有鸟了。几天过去了，什么也没看见，夫妻俩伤心极了。夫妻俩又饿又冷，一夜都没睡着，天亮时突然好像听到外面有鸟的叫声，高兴到忘记了冷，两人同时冲了出去。看见树上有一只全身长着白毛的鸟，丈夫急忙拿来弓箭，把鸟射了下来。他们拿着白鸟看了又看，又把鸟毛翻来翻去，什么也没有。夫妻俩已经很久没吃东西了，肚子饿得咕咕叫，就拔掉鸟身上的毛，想把鸟弄干净了煮着吃。当他们把鸟的肚子刨开时，看见一粒粒闪闪发光的东西，他们想：这些发光的东西一定就是梦里那个老人所说的谷种了。他们马上找了一块山地，把树砍干净种下谷种。

不久，谷种发芽了。夫妻俩天天松土、拔草，稻苗开花打谷穗，他们日夜看守，不给鸟兽偷吃的机会。等收割完了，夫妻俩把稻谷全部分给了人们，并教人们种稻谷。从此以后，黎族人就开始在山上种稻谷，并且每次到了收割稻谷的时节，都用新米煮饭并抢着第一个吃新米，以祈求来年丰收。

讲述者：林金妹，女，黎族，70岁，农民
采录者：保亭县文化馆普查队
　　采录于保亭县保城镇石峒村委会南九村

"牛角号"习俗的来源

很久以前，很大很宽的七峰峒有很多的黎族村寨，寨与寨之间相处得很好。如有黑白事，很远的村寨都会来帮忙，有喜事大家就一起庆祝。逢年过节，大家聚在一起喝酒、唱歌，像兄弟姐妹一样，过着不愁吃、不愁穿，平平安安的生活。

可是，不知从哪儿窜来的一群强盗霸占了黑风山。这群强盗个个黑脸，眉毛向上长。他们的头巾顶上都插着鸟的羽毛，脸和身上涂满了植物颜料，谁见都怕。强盗的头领叫帕松胎。帕松胎生得高大凶猛，生性凶残。这群强盗经常窜到七峰峒的村寨抢劫，今天袭击这个村，明天抢劫那个寨，抢劫财物和牲口，甚至还抓走年轻貌美的妇女。要是有人抵抗，他们就杀人放火。各个村寨皆户数不多，不敢跟强盗对抗。七峰峒的人怕得白天都不敢出去干活，晚上也不敢睡觉。

番盖寨有位年轻的猎人叫劳当，他身强力壮，臂力过人，射箭百发百中，梭镖投得又狠又准。他敢单独跟黑熊和野猪打斗，在寨里名声很大。有一次，黑风山的强盗袭击邻村，他赶去帮忙，但是强盗人多，他的手被箭射中。劳当受伤回到家里，吃不下饭，睡不着觉。天天想着怎么对付强盗，他想：单靠个人的力量是斗不过强盗的，应该靠大家。于是，劳当约了各个村寨的头人①来番盖寨商量对付强盗的办法。各村寨头人来到番盖寨，劳当对他们说："现在黑风山的强盗经常来抢我们的东西，害得我们不得安宁。我们大家想想办法怎么对付这

---

① 头人：旧时中国的某些少数民族的头领。

些强盗。"各个村寨的头人听劳当说要对付强盗，都高兴地你一句我一句地说打赢强盗的办法，可是说来说去，都没有一个办法是好的。劳当想了又想，说："要想打赢这些强盗，唯一的办法就是大家团结起来，一起对付强盗。但是，我们各个村寨都很分散，要是有事也不好告知大家，所以我想哪个村寨要是有情况就吹牛角，这样各个村寨听到之后就赶去帮忙。"大家都赞成劳当的办法，高兴地回去做对付强盗的准备去了。

在一个刮着台风、下着大雨的夜晚，强盗又下山去村里抢东西，远远地就被在树上放哨的村民看见，放哨的村民马上回村里报告给劳当，劳当急忙吹起了牛角。牛角发出"呜呜呜"响亮的声音，村里的人听到牛角的声音，老人和小孩赶快找安全的地方躲起来，年轻的男人有火枪的拿火枪，有弓箭的拿弓箭，没有火枪和弓箭的，就拿锄头和砍刀马上去集合，等强盗一进村就用火枪打，用弓箭射。附近的村寨听到"呜呜呜"的牛角声音，也吹起了牛角，一村接一村地吹，整个七峰峒都听到了牛角声，人们都赶去围攻强盗。长期受强盗欺负的人们见到强盗，个个气得眼睛都红了，越打越勇敢，把强盗打得跑的跑，伤的伤。强盗的头领帕松胎也被劳当射中要害，带伤逃回了黑风山，不久就死了。

黑风山的强盗被打败后，再也没有强盗到村里抢东西了，七峰峒的人们又过上了安定的生活。

再到后来，如果要刮台风，人们也会吹起牛角发出警报，从而纷纷做好防台风的准备。

讲述者：郑忠义，男，黎族，73岁，农民
采录者：保亭县文化馆普查队

采录于保亭县

黎族人供土地公的来由

现在只要有黎族人居住的村庄，村口都会设有两块石头分立两旁，一块石头盖在两块石头上面的一个小石屋，黎族人称它为土地公的房子。逢年过节，黎族人家家户户都会拿一些酒和肉，摆在土地公的石屋旁并烧香，求土地公保佑全村和全家平平安安，年年丰收。黎族人对土地公毕恭毕敬，经过土地公位时，不能有大小便和吐口水等不敬行为，否则会遭大难。

古时候，七仙岭一带经常有强盗出没。强盗进村看到什么就抢什么，人们要是反抗就会被杀死。人们每天都担惊受怕，白天不敢出门干活，晚上也不敢睡觉。后来，人们再也不能忍受了，就把村里的年轻人组织起来。一旦有强盗进村抢东西，就拿起火枪和弓箭打击强盗。

有一天，强盗又到村里抢东西。村里的年轻人用火枪和弓箭，小孩、老人和妇女用木棍和石头打击强盗，强盗被打败，强盗头子也被打伤。强盗头子带着手下逃回去后，越想越生气，决定日后报复，血洗打伤他的那个村庄。

强盗被打跑后，很久都没有进村抢东西了，人们都以为强盗被打怕了，再也不敢来了，慢慢就放松了防备。

一天夜里，又刮台风又下大雨。强盗头子心想：这时候进村去劫掠，村里的人一定不会想到。强盗头子越想越高兴，就把所有的强盗都叫来，等到深夜去劫掠村庄。因为刮台风下大雨，所以人们早早就关门睡觉了。只有一个叫亚果的小男孩，听到屋子外面的风"咿咿呼呼"的像杀猪时猪叫的声音，害怕得不敢睡。但亚果坐着坐着，还是迷迷糊糊地入睡了，他梦见一位白胡子、白头发、白衣服的老人说："我是这一带的土地公公，你们快快逃命吧！深夜强盗就要来村里杀人啦！"说着老人就不见了。亚果听到强盗要来，吓了一大跳就醒来了，可是醒来什么也看不见，才知道那是梦。亚果家唯一的牛，就是被强盗抢走的，强盗还打断了他父亲的一条腿，他恨死了这帮强盗。他想：一定不能让这些强盗祸害乡亲们。于是，亚果马上把他梦里老人告诉他的话转告给了父亲。亚果的父亲听了，说："是神仙救了我们啊，快快去叫乡亲们跑吧！"于是，亚果全家分头去叫乡亲们逃走。

乡亲们听说强盗要来，都纷纷逃到村后的山上。深夜，强盗果然冒着大风大雨来到村寨。强盗冲到村里，一个人也没看见。强盗头子气呼呼地叫手下，洗劫村里的所有房子。强盗破门而入，冲进人们的家里，能拿就拿，不要的就一把火烧了。眨眼间，家家户户都冒着烟。人们在山上看见村里冒着烟，都感谢亚果一家及时叫大家逃走，大家才保住了性命。亚果对大家说："大家要谢就谢土地公公吧！是他告诉我强盗要来的。"并把他梦里看见老人，老人告诉他强盗要来的事情告诉了乡亲们，人们听了都非常感谢土地公公。从此以后，黎族人就在村口设土地公位，逢年过节，家家户户都拿着鸡肉、猪肉到土地公位烧香，求土地公保佑平安。

讲述者：邢廷华，男，黎族，67岁，农民

采录者：保亭县文化馆普查队

采录于保亭县保城镇春天村委会扫例村

"叮咚"的传说

传说，古时候，有一位黎族小姑娘，从小就没有父母，靠给峒主做佣人糊口。

有一天，她不小心打破一个酒罐，峒主很生气，把她赶到深山里看守山栏稻园。万籁俱寂的森林里，不时传来各种鸟和野兽的叫声。小姑娘独自一个人在深山里看守山栏稻园，非常恐惧，夜里不敢入睡。

一天夜里，小姑娘再也抵挡不住睡意，迷迷糊糊地睡着了，睡梦中看见一位老人站在她面前，手里拿着两根木头说："只要将木头敲响，各种野兽就会闻声而逃，不敢靠近。"小姑娘醒过来，没看见老人，却看见有两根木头摆放在她眼前。于是，小姑娘为了赶跑野兽，消除心中的恐惧，就遵照梦中老人的嘱咐，用山藤把两段大木头一上一下依次吊起来，并折来两根拇指粗的树枝，在木头上槌击起来。木头发出了"叮咚、叮咚"的声音，在深山回荡，鸟禽和野兽听了纷纷惊恐逃走。小姑娘非常高兴，决定把这个办法告诉乡亲们，让乡亲们的山栏稻不被鸟禽和野兽偷吃。她不分昼夜，跋山涉水地将这个办法告诉了每一个乡亲。乡亲们都按小姑娘传授的办法，纷纷在各个山栏稻园里架起了两根木头敲打起来，鸟禽和野兽远远就会听到"叮咚"声，不敢来吃山栏稻。

从此，凡是有黎家人种植作物的地方，都会回荡着这种富有节奏的原始而古老的"叮咚"声。再后来，这就成了黎族传统的打击乐器。

讲述者：郑忠义，男，黎族，73岁，农民
采录者：保亭县文化馆普查队
采录于保亭县保城镇石峒村委会打南村

帕拖勇斩老鹰精

从前，有一只老鹰精，它的法术很高，而且非常残暴。从人间到海国，凡是生得貌美的女子，它都抢去做老婆。国王和海龙王的宝贝公主，它也敢抢去。国王和海龙王派很多人去抓老鹰精，却都被它打败，弄得人间和海国，到处人心惶惶，父母担忧女儿，丈夫担心妻子。大家都唉声叹气，愁苦极了。

有一个青年，名叫帕拖，他和同村一个年轻美丽的女子相爱，准备择定吉日结婚。在结婚的前夜，土地公托梦给帕拖，告诉他说："老鹰精明天要到你家抢亲，但你不要怕。你明天中午守在家门口的大树底下，仔细注视天空，若看见一朵大乌云飘到你家门口的上空时，你就举箭射去。老鹰精就躲在乌云里面，这一箭可以要它的命。你这样做，不但救了你的妻子，你们可以白头偕老，而且能保全人间和海国。"

第二天中午，帕拖按照土地公的指点，备箭守候在大树下。不久，果然有一朵大乌云，向他家门口上空飘来。帕拖对准乌云，使尽全身力气，"嗖"地射出了一箭。只见箭飞向高空，插进了乌云里。顿时，那朵大乌云，像海上起了大风暴一样，翻滚一阵，便摇摇摆摆、飘飘荡荡地飘回去了。大乌云摇晃不定地飘着，一路洒下了像血水一样的东西。帕拖赶上前一看，原来是浓浓的黑血，他又喜又惊，知道老鹰精已经受到了重创。

　　大乌云摇摇晃晃、歪歪斜斜地飘着，血水也"嘀嘀嗒嗒"地从天空中洒落下来，帕拖背着弓箭顺着血迹一路跟踪。他爬了一座又一座山，过了一条又一条河流，走了一天又一天路。就这样不知爬了多少山，过了多少河流，走了多少路，最后看见血迹在大森林里的一个洞口前消失了。帕拖停下脚步，仔细查看四周，只见一片没有尽头的高大树林，遮住了一切。望不见天空，也望不见太阳和月亮，什么都望不见。再仔细向洞口望去，洞口足足有丈把宽，阴森森的、黑黝黝的，什么也看不清。洞里还不时吹出凛冽的风，吹得人身上冷飕飕的。

　　帕拖断定这就是老鹰精的老巢了。他想：要消灭老鹰精，就必须得下到洞底去。但是，洞那么深、那么黑，什么也看不见，没有梯子怎样才能下去呢？帕拖在洞口来来回回地走着，怎么也想不出进去的办法。想呀，想呀，帕拖实在太疲乏了，就躺在地上休息，不知不觉间就睡着了。这时候，他又梦见土地公对他说："勇敢的阿拖呀！你的箭真是射得准，射得有劲。现在老鹰精已经身受重伤，但它还没有死，正躺在洞里养伤。为了人间的太平，你一定要把它除去。这个洞虽然非常深且又黑暗，但可以进去。你看洞口有一棵大树，树下有一颗又圆又大的石头，只要你用力敲打石头三下，再用力拍打大树三次，就能进洞了。"帕拖醒来，按照土地公的话，用力地敲打洞口的大石头三下和拍打洞口的大树三次。突然"嘭"的一声巨响，石头裂开，一道光射出，黑漆漆的山洞一下变得光亮光亮的，大树的树枝突然变长，一直伸到洞下。帕拖看见眼前这样的光景，高兴极了。

　　帕拖抓着树枝，顺着树枝到了洞底下，没看见老鹰精，只见一位年轻貌美的姑娘，一边晒衣服，一边流眼泪。帕拖想：这一定是老鹰精从人间抢来的女子。于是，走过去问："姑娘，我是来杀老鹰精的。我问你，这里是老鹰精的老巢吗？"

姑娘回答说："阿哥，这里正是老鹰精的老巢。"

帕拖又问道："那怎么不见老鹰精呢？"

姑娘又说："这里是洞的最顶层，老鹰精不住在这里。"

帕拖又问道："姑娘，请你快快告诉我，我好去杀它。"

姑娘又说："老鹰精住在左转七十七弯，右转九十九弯，在洞的最底层。它的法术很高，你怎么能杀它呢？"

帕拖说："我一定要杀了老鹰精，它法术再高、再厉害，我都不怕。我已经射中它了，一定要杀了它，让人间太平。"

姑娘见帕拖不怕牺牲，一定要去杀老鹰精，又感动、又高兴地说："要是能杀死老鹰精，那真是太好了。我是国王的小女儿，被老鹰精抢到这里已经一年多了，很想家。这里还有十三个被它抢来的姑娘，我们都希望有一天能逃出去。"

姑娘还告诉帕拖要杀老鹰精，就要先偷到老鹰精的宝剑，再把十三缸药水打破，然后等到老鹰精睡熟后才能动手杀它。只有拿到宝剑才能斩下老鹰精的头；只有打破那十三缸药水，老鹰精被杀死后才不能复生。

姑娘带着帕拖偷到了宝剑，又打破了那十三缸药水。帕拖在姑娘的带领下找到了老鹰精住的地方，帕拖远远看见老鹰精就要冲上去，姑娘急忙拦住说："阿哥，老鹰精还没睡熟，你是杀不了它的。"

帕拖奇怪地说："老鹰精的眼睛都闭着，怎么还是没睡着啊？"

姑娘说："老鹰精睡觉跟人是相反的，它是睁开眼睛睡觉的，闭着眼睛就是它还没有睡着。"

帕拖和姑娘躲在一边等了很久，老鹰精紧闭的眼睛，终于慢慢睁开，睁开得像饭碗一样大。这时候，帕拖和姑娘知道老鹰精已经睡熟，帕拖冲到老鹰精的床前，举起手中的宝剑，砍下了老鹰精的头，还把它的身躯斩成一节一节。老鹰精的头在地上滚来滚去，一节一节的身躯满地跳上跳下，都向着大药水缸靠去，可是药水缸都被打破了。没有了药水，老鹰精那些断成节的身躯，过一会儿就再也不动了。

老鹰精死了，被它抢来的姑娘得救了。她们感谢完帕拖的救命之恩后，就个个像风一样跑出洞，各自回家去了。国王的女儿临走时，送给帕拖一只手镯，感谢他的救命之恩。

帕拖杀死老鹰精后，就急忙赶回家，走啊走啊，来到大河。大河挡住了去路，他正为过河发愁，突然见一条金鱼向他游来。金鱼游到岸边摇身一变，变成一位漂亮的姑娘。她对帕拖说："阿哥，我在这里等你很久了。"

帕拖奇怪地问："姑娘，我不认识你，你等我干什么？"

姑娘又说："你救了我的命，我来邀请你做客。"

帕拖更奇怪地问："我什么时候救过你的命？"

姑娘见帕拖不相信她说的话，就把她是龙王的女儿，被老鹰精抓去后不肯顺从，被赶去干苦工的事情告诉了帕拖。姑娘告诉帕拖，老鹰精让她干苦工，还不给饭吃，她又累又饿，不久就倒在地上起不来了，眼看就要死了，没想到帕拖会来把水缸打破，水流出来后把她送回了龙宫，所以帕拖对她有救命之恩。姑娘邀请帕拖到龙宫做客。

帕拖来到龙宫，龙王为了感谢他救女之恩大摆酒席，热情款待帕拖。喝完酒后，龙王又带帕拖参观龙宫。龙王非常喜欢帕拖，就对他说要把女儿嫁给他，帕拖对龙王说他已经有妻子了，不能再娶他的女儿了。

帕拖在龙宫玩了七天，对龙王说他要回去了。龙王送帕拖很多宝贝，帕拖都不要，但龙王一定要他拿一件东西，不然就不送他过河。帕拖没办法就拿了一个米斗，龙王这才叫一只老乌龟驮着帕拖过河。帕拖爬过一座又一座山，走过一个又一个村，来到了京城。他想起公主临走时要他一定去看她，就向王宫走去。帕拖来到王宫，国王和公主也大摆酒席款待他。国王也非常喜欢帕拖，要把公主嫁给他，可是帕拖说他已经有妻子了，不能再娶公主了。

帕拖又在王宫玩了七天后，对国王和公主说他要回去了。国王送他很多珠宝，他什么宝贝也没要，告别国王和公主回到了家。

乡亲们让老鹰精害得不敢出门干活，很久之前就没米下锅了。帕拖要把家里剩下的米都分给人们，但没有东西打米，这时他想起从龙宫带回来的米斗，就用龙王的米斗打米分给人们。没想到，米斗装的米怎么分也分不完。帕拖杀死了老鹰精，又带回了宝斗帮助人们渡过了灾难。从此以后，人们又过上了幸福的生活，帕拖和妻子两个人也恩恩爱爱地过上了美满的生活。

讲述者：高文理，男，黎族，80岁，农民
采录者：保亭县文化馆普查队
采录于保亭县响水镇响水村委会什掘一队

/人物传说/

王昭英救村民

1943年，地下党员林泉和王昭英在五弓、六弓一带做群众工作。有一天，很多日本兵和伪军到五弓、六弓抢劫粮食，并把村民抓起来准备枪杀。眼看村民就要遭殃，王昭英非常着急，她和林泉商量着怎样营救村民，林泉说："去找你的弟弟王昭信，只有你弟才能救村民。"王昭英拍了拍自己的头说："看我都着急得昏了头，怎么没有想到我弟哪！"她马上写了一封信，并找了一个人带着她的信去南圣找她当时任县游击队大队长的弟弟，请求他赶快派兵来救村民。

王昭英的弟弟看完姐姐的求救信后，马上带人赶到六弓石艾村。看见一群日本兵和伪军包围了石艾村，正在一户一户地搜粮食，还把村里的老老少少都赶到村旁集中起来。一名翻译官坐在一张矮凳上，一边吃着甘蔗一边跟一个日本兵说话。游击队中有一名叫黄大光的，枪法很好，看见那个翻译官两眼就冒火，拿起枪瞄准就一枪，那个翻译官一下子就摔下凳子。接着，县大队全体队员冲了过去，日本兵和伪军慌忙撤退，村民终于得救了。

讲述者：邢庆章，男，黎族，53岁，农民
采录者：保亭县文化馆普查队
采录于保亭县保城镇石峒村委会什办村

李振亚夜袭日军据点

1943年11月，琼崖抗日独立总队参谋长李振亚要到保亭县与陵水县交界的吊罗山根据地检查工作，他带领了一个侦察排绕过保亭县城，来到保亭县城东郊的龙则村，通过龙则村的地下党员林泉了解驻扎在通向吊罗山路上的什玲镇的日本军队的情况。李振亚又派人去侦察，侦察员回来汇报说："驻扎在什玲镇的日本军队，一共有二十六个人，有机枪，有一门炮，防御工事安排得也很好。外面有围墙，里面也有围墙。四周还挖有五米深的壕沟，沟边还用木桩和铁丝网围着。"李振亚听完汇报后，知道日本兵的防备很严，想要打胜仗就必须智取，于是他决定夜袭什玲镇的日军据点。

第二天晚上，李振亚带领队伍从龙则村出发，半夜两点准时到达什玲镇日军据点附近潜伏下。李振亚心想：天很快就亮了，一旦天亮，日本兵就醒过来，敌强我弱，到时不但不能打胜，还会牺牲很多人，要加快策划。李振亚策划好后，指挥大家用准备好的梯子和钳子，爬过铁网和水沟，迅速向日军据点进攻。战士们纷纷向日军据点投掷手榴弹并射击。日本兵个个睡得死死的，突然被枪声惊醒，不知头不知尾，慌慌张张地从床上爬起，衣服都来不及穿，拿起枪就乱打。快到天亮时，日军据点只剩下一个翻译和勤务兵，其他人全部被歼灭。

什玲一战获得胜利，李振亚知道增援的日军很快就会前来，于是命令部队赶快打扫战场并向吊罗山方向撤退。

讲述者：林石梅，男，黎族，81岁，农民
采录者：保亭县文化馆普查队
　采录于保亭县什玲镇大田村委会丁誓村

陈理文十三岁参加革命

1928年，陈理文出生在保亭县南茂的一个小黎村。他从小就受到担当共产党地下党员的二叔父和三叔父的影响，知道共产党是解救穷苦老百姓于苦难之中的队伍，痛恨那些剥削老百姓的地主恶霸和国民党反动派。日本人侵海南后烧杀抢掠，无恶不作，更激起陈理文的愤恨。

1941年，日本兵打到保亭县，在保亭县到处抓劳工。有一天，日本兵到陈理文住的村子抓劳工，就抓了陈理文的父亲和许多村民，准备将他们赶去三亚做劳工。十三岁的陈理文见父亲身体有病，不能干苦工，就顶替了父亲。陈理文跟着被抓的村民一道被日本兵赶着走了一天一夜，才到了三亚。

陈理文到三亚后，没日没夜地给日本人挖铁矿，不仅没法吃饱，还被日本兵毒打。小小年纪的陈理文无法忍受，每天都想逃走。一天夜里，大家白天干活累了都睡沉了，陈理文悄悄起来，打昏了守门的日本兵，带着几个劳工逃走了。之后他参加了共产党领导的琼崖纵队。

从此，陈理文走上了革命的道路。在澄迈县好保、儋州市南晨、乐东县东好、文昌县重兴、定安县枫木和海南解放战斗中英勇杀敌，立特等功，被授予"全国战斗英雄"的称号。

讲述者：黄母义，女，黎族，80岁，农民
采录者：保亭县文化馆普查队
采录于保亭县国营南茂农场一区加茂队

李振亚在黎寨

李振亚是琼崖纵队的参谋长兼副司令员，是行过两万五千里长征的老红军。1948年秋，在琼崖解放战争秋季攻势的万宁市牛漏墟战斗中不幸牺牲。

抗日战争时期，日本占领保亭县后，到处烧杀抢掠。国民党军队被日本军队打败，逃到山里，不仅不打日本兵，还打劫老百姓，保亭人民在日本兵和国民党的双重压迫和奴役下，过着少吃无穿的生活。李振亚从林泉得知保亭的情况后，于1942年11月，带领一支二十几人的侦察排，跋山涉水，克服各种困难，终于到了保亭县龙则村，找到地下党员林泉，向他了解保亭人民抗日的情况。李振亚进入龙则村后，龙则村的黎族人对李振亚非常热情。李振亚在龙则村山岭上的山寨里住了十几日，他利用自己多年的作战经验，指挥了夜袭什玲日军据点战斗，沉重打击了日军的威风，鼓舞了保亭人民抗日的斗志。战斗过后，由于日本军队已派增援部队赶来，为了保存实力，李振亚带领大家撤退到八村山岭上。

山上的生活环境十分恶劣，山蚂蟥和蚊子很多，又没吃的东西。但是由于李振亚在进入黎族地区后，与黎族群众建立了深厚的感情，即使当时黎族群众的生活非常艰苦，吃的是番薯、木薯、南瓜，他们仍然偷偷给山上的李振亚和其他人送吃食。

　　日本部队又对八村山岭进行封锁，想把李振亚和他率领的部队困死在山上。可是李振亚在地下党和黎族群众的帮助下，神不知鬼不觉地跳出了日本人的包围圈，日本兵连他的影儿都没见到。

讲述者：林石梅，男，黎族，81岁，农民

采录者：保亭县文化馆普查队

采录于保亭县什玲镇大田村委会丁誓村

黎族女交通员

抗日战争时期，日军在保亭地区，无恶不作，烧杀抢掠，迫使黎族人民干苦力，不愿意服从的群众皆被枪杀。黎族人民不甘忍受欺压，奋起反抗。有的人组织起全村人，与日本人做斗争，有的人参加了共产党领导的琼崖纵队，成为一名战士。

保亭什聘村有一个黎族女青年，名叫王春季。在日军占领保亭后，王春季亲耳听到、亲眼看到日本兵的烧、杀、抢、掠的行为。她对日本兵的暴行感到非常愤恨，正好有一天共产党地下党员王昭英回到村里找王春季聊天时，谈到共产党的抗日救国事迹，王春季听了非常激动，说她也要参加共产党领导的队伍，打日本兵。于是，王昭英就写了一封信，叫她拿着信去找在龙则村的共产党的地下党员林泉。王春季迅速从什聘村走山路去到龙则村，并找到了林泉。林泉见王春季既聪明又有革命觉悟，抗日队伍也正好需要人员来壮大力量，所以决定送王春季到琼崖独立总队学习培养，将来为抗日出力。

王春季在琼崖独立总队学习结束后，在琼崖独立总队第三支队工作。当时，琼崖独立总队想转移到敌人力量薄弱的乐东和保亭一带。为了部队转移途中的安全，总队两次派人到乐东和保亭地区打探敌人的情况，但都没能进入乐东和保亭地区。后来，部队领导知道王春季的家在保亭，她又是黎族，会讲黎语，不容易被敌人发现，就派王春季担任交通员，负责打通到乐东和保亭地区的南路交通道。

王春季接到任务后，马上出发。她怕被日本兵发现，选择从山里走，白天晚上不停地赶路，并凭着她的聪明机智和勇敢，躲过一次又一次搜山日本兵的查问。但当王春季通过日本兵统治区的乐东县进入保亭时不幸被日本兵发现并抓了起来。日本兵抓到王春季，想从她身上知道共产党部队的情况。开始时日本兵用金钱和地位拉拢她，可是她毫不动摇。后来日本兵见用钱拉拢不行就实施毒打，打得王春季全身都是伤，可是王春季什么都不说。日本兵见拿她没办法，就把她杀害了。

王春季牺牲的时候才十五岁，她为了把日本兵赶出中国，献出了年轻的生命。她也是在抗日战争中牺牲的最年轻的一位黎族女战士。

讲述者：邢庆章，男，黎族，53岁，农民
采录者：保亭县文化馆普查队
采录于保亭县保城镇春天村委会什办村

/动植物传说/

龙被的来由

黎族的龙被色彩丰富、图案精美。龙被上的龙有的腾飞、有的跳跃，张着牙、舞着爪，龙须飞舞，两只眼睛很有神，像真的一样。龙被上除了有龙纹图案外，还有花草纹图案，非常漂亮。在古代，地方官员常把龙被当作贡品进贡给朝廷。

黎族人是怎样织出工艺复杂、图案精美的龙被的呢？黎族人民世世代代，广泛流传着这样一个动人的故事。

相传很久以前，加茂河边的大旺上村有一个年轻人，从小没有父亲，母亲一个人辛辛苦苦把他养大，他勇敢、勤劳，种田、打猎、捕鱼，样样都会。他母亲有一双巧手，能织出一手漂亮的筒裙。母子俩相互依靠，日子还算过得去。

他从小在加茂河边长大，水性很好，一口气能在水里待很久。他每天干活回来，总会到河里洗澡、抓鱼。

有一天，他到加茂河抓鱼。由于很久没有抓鱼了，因此他想多抓一点鱼。于是，他从大旺上村一直抓到大旺下村，大旺下村这段河水很深，放眼望去，水黑阴阴的。这个胆子非常大、从不懂害怕的年轻人，心里也有点害怕起来。他小心地向河中间游去，水越来越深，慢慢地漫过了他的头。他凭着自己水性好，向河底游去。他看见河里鱼很多，各种各样的鱼都有，但是这里的鱼很精，见有人游来马上散开，纷纷游走了。他追着鱼游来游去，越游越深，一不留神就来到了河底。在黑暗的河底，他朦朦胧胧地看见两块长长的躺着的东西，他好奇地游了过去。靠近一看，原来是两块像棺材一样的大石头，这时他不由得想起小时候母亲经常讲的一个故事。母亲讲大旺下村有一个聪明、漂亮的姑娘，从小没有父母，跟哥哥一起生活，她阿嫂对她不好，要把她嫁给一个很有钱，但有病的男人，她不肯。她的阿嫂就天天打骂她，还逼她一天之内把山栏地全部砍完、烧完，并把树枝操持干净。河里的龙太子非常同情这个姑娘，决定帮助她，便让天刮大风，下大雨，河水涨起来，淹没了山。过了一会儿，雨停了，水也退了，只见整个山干干净净。从此，这个姑娘就喜欢上了龙太子。当她的阿嫂知道她跟龙太子在一起后，非常生气，就穿上她的衣服，假扮成她的样子，把龙太子给杀死了。龙太子死后，姑娘也自杀而死。她的哥哥和几个年轻人上山砍树做棺材，可是斧头怎么砍也砍不动，他们只好回家。经过加茂河休息时，他们把斧头放在石头上，突然见斧头自己砍进了石头里，不一会儿，就把石头砍成了一副棺材。姑娘被放进石棺里安葬后，天就下起大雨，河水涨起来，一下子就把那副石棺卷到河底去了。想着想着，胆大的年轻人也不由得害怕起来，他急忙想游开。但就在他准备游走的时候，突然看见大石头里好像发出闪闪的亮光。他又壮了壮胆，转头游到大石头旁，看见大石头外面露出一角的被子。被子上有各种漂亮的图案，在水里闪闪发亮，这个年轻人从没见过这么漂亮的被子。于是，他便用力地把被子从大石头里拉了出来，拿着被子游上岸回家去了。

回到家，他把被子拿给母亲看。他的母亲看见被子上不仅有跟传说中一模一样的龙的图案，有金黄色的、紫色的龙，还有各种各样花草的图案和鱼的图案，觉得真是漂亮极了。母亲惊讶地说："我从来没见过这么漂亮的被子。"他的母亲边轻轻地用手摸着被子，边问儿子被子是怎么得来的。这个年轻人就把他在大旺下村的河里抓鱼，又在河底的大石头里看见被子的事，告诉了他的母亲。他的母亲一下子想起了大旺下村的一个姑娘和河里的一条龙相爱，死后被放进石棺，石棺又被河水卷到河底的故事。就对儿子说："孩子，你在河底里看见的像棺材的大石头，一定是大旺下村那个姑娘和龙的石棺材。我们人世间没有这样织有龙的被子，这被子一定是龙用来盖的被子。要是我们世间的人也能织出这样有龙的漂亮被子来，那该多好啊！"

从那天后，这个年轻人的母亲，每天吃不下饭，睡不着觉，一天到晚想着怎么织出这样有龙的漂亮被子来。想着想着，就把儿子拿回来的有龙的被子，铺在地上的草席里看，看着被子上的图案，动手织起来。可是织布和织各种花容易，织龙就难了，她怎么织都织不好龙。

有一天晚上，她织着织着，织到深夜累了，就靠着床边休息，没想到迷迷糊糊地睡着了。她梦见一个漂亮的年轻姑娘对她说："要想织成像你儿子拿回来的那样漂亮的被子，就要先织好布，再一针一线地在布上绣上龙。"她醒来一个人影也没有，才知道是个梦。她慢慢回想起梦里那个姑娘说的话，就照着姑娘说的话去做，先织布。她织了七天七夜，终于织好了布。织好了布，她又在布上开始一针一线地绣上龙和花，绣了七七四十九天，终于做成了和她儿子拿回来的那条被子一样的漂亮。被子做好后，她就拿到外面晒，刚好村里的一个人经过，看见被子上黄、红、紫等各种颜色的龙和花在阳光的照射下闪闪发光，漂亮极了。这个人从来没有见过这么漂亮的被子，大声叫道："啊，好漂亮的被子啊！你们大家快来看啊！"村里的人都纷纷跑来，围着被子看个不停。

这个年轻人到河里抓鱼，得到一张有龙的被子，他的母亲又照着这张被子的样子，织绣出一张漂亮的被子的事，很快地在加茂地区传开了。人们不管多远都跑来观看，并学习它的织绣方法。因为被子上有龙的图案，而且又是在龙的石棺里发现得来的，所以人们就把它叫作"龙被"。又由于龙被是在石棺里发现的，所以黎族人就有了人去世后用龙被盖棺的习俗。从此，黎族人世世代代学习织绣龙被。

讲述者：陈母德，女，黎族，79岁，农民

黄母义，女，黎族，80岁，农民

胡春芳，女，黎族，59岁，农民

采录者：保亭县文化馆普查队

采录于保亭国营南茂农场一区加茂队

干抗鸟与达啯鸟

很久以前，五指山脚下有一户人家生下了两个女儿，大女儿在父母的包办下嫁到了外村。但是因为大女儿早就有了自己心爱的人，父母包办的婚姻她一百个不愿意，所以，一直住在父母家，不肯回婆家住。

一天，男方父亲找上门来，气愤地说："为什么你们不教育你们的女儿，嫁了我的儿子，当了我家的媳妇，还不到我家去，真不像话。"她的父亲听了非常气愤，马上叫大女儿去婆家，可是大女儿说什么也不肯去。父亲为了教训大女儿，就做了一个大竹笼，对大女儿说："我做了个大竹笼来装咱家的那头猪，不知能不能装下，你进去试一试，你能进去，猪也能进去。"大女儿听父亲这么说，二话不说就钻进了竹笼里了。当大女儿钻进竹笼时，父亲马上就把竹笼吊了起来，并对妻子和小女儿说："你们谁也不准把她放下来，也不准给她饭吃，看她敢不去她婆家。"大女儿被吊在竹笼里，几天几夜没水喝没饭吃，饿得一点力气都没有了。

一天，她的父母上山种山栏，只有小女儿在家，大女儿饿得实在不行了，就对小女儿说："妹妹呀！我不行了，我求你把我放下来吧！我的两箩筐上衣和筒裙，分一半给你。"大女儿手很巧，织的筒裙最漂亮。妹妹一听姐姐说要把她漂亮的筒裙分一半给她，高兴地把姐姐从屋檐上放了下来。姐姐拿出自己漂亮的筒裙分给妹妹一半，并对妹妹说："妹妹呀！水缸里没水了，你去挑水吧！"小女儿拿了大女儿给的筒裙高兴地挑水去了。大女儿等小女儿去挑水后，就烧火煮水，然后把剩下的一半上衣和筒裙用刀剁碎，放进锅里煮。等水煮得滚烫滚烫时，大女儿就跳进锅里。

大女儿死后变成了一只鸟站在灶台上，筒裙上的红、黄、绿、黑、蓝等颜色的花纹，变成了她身上美丽的羽毛。妹妹挑水回来发现姐姐不见了，却看见灶台上站了一只美丽的鸟。她在屋里飞了一圈，"干抗干抗"不停地叫，然后飞走了。她飞呀飞呀！一直飞到她情哥的山栏园，看见她的情哥正在种山栏，就"干抗干抗"不停地叫。她的情哥看见一只美丽的鸟在他头顶飞来飞去，还不停地叫，奇怪地问："鸟呀，鸟呀，你为什么叫得那样凄惨呀？"她回答说："情哥呀！情哥呀！我是你的情妹呀。"于是，就把她变成鸟的经过告诉了情哥。大女儿的情哥听了泪水直流，伤心地说："让我变成像你一样的鸟一起飞吧！"说着就向他的情妹伸出双臂，向上一跃想飞去追他的情妹，没想到飞不起来，掉到山沟里变成了"达喝鸟"，眼巴巴看着他的情妹飞远了，只能"达喝达喝"地叫。

从此，只要山里听到"干抗干抗"的鸟叫声，就一定能听到"达喝达喝"的鸟叫声，人们都说那是大女儿变的"干抗鸟"和她的情哥变的"达喝鸟"在叫，他们死后变成鸟永远不分离。

讲述者：黄月美，女，黎族，62岁，农民
采录者：保亭县文化馆普查队

采录于保亭县

猿和猴的来由

很久以前，五指山脚下的一个小村庄里有一个人，在他的妻子死后，他又娶了一个妻子。前妻生下的一个女孩和一个男孩，又勤劳、又聪明，可是继母对他们很不好，经常打骂他们。

有一天，继母叫姐姐和弟弟上山看守山栏，把沙土掺入米中让他们带上山。姐姐和弟弟在山上看守山栏饿了，拿出米准备煮饭时看见米里都是沙。

又有一天，父亲觉得他们没日没夜地在山上看守山栏很辛苦，做好米糕就叫继母给他们送去。继母挑着一担米糕经过河边的时候，就捡了一些石头放进米糕里。姐姐和弟弟看见继母挑着一担米糕给他们很是高兴，拿起米糕就吃，却差点把牙齿给崩掉。他们扒开米糕仔细一看，原来米糕里有石头。

姐姐和弟弟在山上认真地看守山栏，一粒谷也没被鸟兽吃，可是继母却把谷壳撒在山栏园里，回家对他们的父亲说："你去看看你的孩子，整天睡觉，山栏稻很多都被鸟吃了。"他们的父亲来到山上，看见山栏园里满地都是谷壳，非常生气地骂了他们。姐姐和弟弟见继母对他们不好，就连父亲也一样，非常伤心，不想再回到家里了。

收割完山栏后，父亲叫他们回家，他们就说："还有豆和瓜没有收，等把豆和瓜收完了再回家。"当豆和瓜收完后，父亲叫他们回家，他们又说："玉米还没收，等收完玉米再回家。"收完玉米了，父亲叫他们回家，他们又说："园里的柴还没有收拾好，等收拾好再回家吧。"父亲没办法，只好由着他们。

姐姐和弟弟在山上口渴了就喝山泉水，饿了就摘树上的果子吃。他们的叔叔见他们不肯回家，在山上吃野果很可怜，就上山叫他们回家。叔叔来到山上，看见姐姐和弟弟正在树上摘果子，就说："可怜的孩子，快跟我回家吧！"树上的姐姐和弟弟对叔叔说："我们不会回家了，继母把石头放在米糕里给我们吃，故意把谷壳撒在山栏园里说我们偷懒不照看山栏，让鸟吃了山栏。现在我们在山上，渴了就喝山泉水，饿了就摘树上的果子吃，再也不受气，自由自在多好啊！"不管叔叔怎么说，他们就是不肯回家。叔叔想来想去，只好把姐姐和弟弟爬的那棵树砍倒，逼他们回家。可是叔叔砍倒这棵树，他们又跳到那棵树。后来叔叔砍倒了很多树，还是没能让他们跟他回家，叔叔没办法，只好自己下山回家了。

从此，姐姐和弟弟在山上摘野果吃，这棵树的果实摘完了，就跳到另一棵树上摘。久而久之，他们的手臂慢慢变长了，成了专门在树上以吃树果为生的猿和猴了。

讲述者：卓国照，男，黎族，73岁，教师
采录者：保亭县文化馆普查队
采录于保亭县什玲镇大田村委会丁誓村

狮子与猎人

从前五指山脚下有一位猎人，每天晚上他上山打猎，总是能打到山猪或其他的猎物。

猎人每次打到山猪就把山猪杀了，把山猪的肠给山里的一只狮子吃。久而久之，狮子和猎人就成了好朋友。猎人打了很多山猪，山猪精非常生气，决心要报复猎人。

一天晚上，猎人睡得正香，山猪精悄悄溜进猎人的屋里，在猎人的身旁躺下。猎人醒来突然看见他身旁躺着一头山猪，两颗牙齿像大象的牙齿那样长，还闪闪发亮。猎人打了一辈子的猎，从来没见过这样的山猪，吓得他拔腿就跑，山猪精见猎人跑了急忙去追。猎人跑着跑着，就跑到了山上，山猪精也紧追到了山上。一块大石头挡住了猎人的去路，眼看就要被山猪精抓住，猎人急忙往石头上爬。山猪追着猎人来到石头下，看见猎人爬上了石头，也往石头上爬。爬着爬着，快抓到猎人了，猎人嘴里连连叫道："这下完了，这下完了……"这时在树林里寻找食物的狮子看见猎人被山猪精追，它小声地对猎人说："你拉尿下去嘛。"由于狮子的声音小，猎人听不清狮子在说什么，就问："你说什么？""你拉尿下去嘛。"狮子见猎人没听清它说的话，又把声音放大一点再说一次。猎人终于听清了狮子说的话，急忙拉了一泡尿，尿顺着石头流了下去，山猪精往上爬的时候，脚下一滑，摔下山去了。

讲述者： 高文理，男，黎族，80岁，农民
采录者： 保亭县文化馆普查队
采录于保亭县响水镇响水村委会什掘一队

黎族地区第一批橡胶树

黎族地区南圣的橡胶树是怎么来的，这得从王昭夷这个人讲起。

1936年，王昭夷到崖县藤桥乡上田村，看到一片橡胶树没人管。他想若是南圣有橡胶，经济收入一定很好，就把这些橡胶树买了下来。王昭夷把橡胶树买下来后，叫人砍去了枝叶，挑了一百八十株回到南圣。王昭夷派人把这些橡胶树种在房子周围。橡胶树种下后，王昭夷安排专人每天管理，他没事也会去给橡胶树除草、施肥，橡胶树慢慢长出了新叶子。

抗日战争爆发后，王昭夷被卷入了战争，那些橡胶树便再无人管理，只有差不多一百株活了。1984年活下来的只有七十九株，到现在只剩下五株了。

中华人民共和国成立后，政府发动群众种橡胶树，很多群众都到王昭夷种的那片橡胶园里，捡橡胶果育橡胶苗种。现在南圣的老百姓受到王昭夷的影响，家家户户都种了很多橡胶树，南圣也成了最早种橡胶树的黎族地区。

讲述者：朱光福，男，黎族，55岁，干部

采录者：保亭县文化馆普查队

采录于保亭县

穿牛鼻子的来由

古时候，山里有着成群成群的野牛。那时的人们种田都是自己挖，靠牛踩。砍木头做房子也都是自己扛和搬，非常辛苦。人们见牛个子大、力气大，就抓牛来犁田和拉木头，可是牛不听人的话，不愿意给人们干活，人们想了很多办法都没有用。

有一个叫帕龙靠的人，到山上砍木头盖房子。他为了让牛给他拉木头，用绳子拴住牛的脚，牵着牛拉木头。牛拉着木头走了不到一会儿，就吃起草来，帕龙靠为了赶路，拼命拉牛走，牛生气了就把绳子给咬断了。帕龙靠又找来绳子，用绳子拴住牛角，牵着牛继续拉木头，又不到一会儿，牛又吃草，帕龙靠又拼命拉牛走，牛生气了用力把角一甩，就把角上的绳子给甩断了。帕龙靠看着太阳已经到了头顶，牛还是不肯拉木头，生气地说："哎呀，坏牛，鬼牛，我看你比人还厉害。"帕龙靠气呼呼地又找来绳子，用绳子拴住牛的脖子，可是牛像跟他作对似的，又用脚把绳子给踢断了。牛脚拴了，牛角拴了，牛脖子也拴了，但是都没能把牛拴住拉木头，这下帕龙靠不知道怎么办才好。帕龙靠坐着发闷发愁，在一旁吃草的牛也时不时抬头看看帕龙靠，好像在说："哼，你厉害，我就不给你拉木头，看你能把我怎么样。"牛一边吃着草，一边甩着尾巴，真的好自在。

帕龙靠急着想把木头拉下山，还剩下什么可以拴呢？他想着想着，终于想到了牛的鼻子。于是，帕龙靠找来了绳子，想着只要在牛的两个鼻孔之间穿洞，把绳子穿过去，应该就能拴住牛鼻子了。牛也很聪明，它知道帕龙靠把它的角、脚、脖子全都拴了，接下来就要拴它的鼻子了。当帕龙靠准备抓它穿鼻子时，牛怎么也不让帕龙靠抓住它。帕龙靠想尽办法，可是牛的力气实在太大了，帕龙靠没办法，只好用绳子拴住牛的脖子，拉着牛到处找穿牛鼻子的好办法。

帕龙靠的力气很大，他用全身的力气拉着牛满山地走。走着，走着，他看见一只刺猬，就对刺猬说："甚啊甚①，请帮帮我吧！帮我想个办法，用绳子穿过这个牛的鼻子吧！"刺猬问："你为什么要用绳子穿过牛的鼻子？"帕龙靠说："用绳子穿过牛的鼻子，好牵着拉木头啊！"刺猬听了说："这是好事啊，我愿意帮助你，可我急着赶路，我把我身上的刺给你，你自己穿吧！"说着就从身上拔下一根刺给了帕龙靠。

帕龙靠拿着刺猬给的刺，走着走着，到了一条河边，碰到了一只大乌龟在找东西吃，帕龙靠就对乌龟说："透啊透②，请帮帮我吧！帮我想个办法，用绳子穿过这个牛的鼻子吧！"乌龟觉得奇怪，就问道："你为什么要用绳子穿过牛的鼻子？"帕龙靠说："用绳子穿过牛的鼻子，好牵着拉木头啊！"乌龟听了说："这是好事啊，我愿意帮助你。"乌龟说着就把拴牛脖子的另一头绳子，绑在了自己的脖子上，用力拉，然后叫帕龙靠用刺猬身上的刺往牛鼻子刺去。谁知刺痛了牛，牛一下子跳了一丈高，把乌龟的脖子拉得长长的，疼得乌龟连连大叫"痛死

---

① 甚啊甚：黎语直译，刺猬啊刺猬。

② 透啊透：黎语直译，乌龟啊乌龟。

我了，痛死我了"，乌龟丢下绳子，就钻进水里了。

帕龙靠没办法，只好拿着刺猬给的刺走了。他走着走着，碰到了一只穿山甲正在挖洞，就对穿山甲说："闷啊闷①，请帮帮我吧！帮我想个办法，用绳子穿过这个牛的鼻子吧！"穿山甲问："你为什么要用绳子穿过牛的鼻子？"帕龙靠说："用绳子穿过牛的鼻子，好牵着拉木头啊！"穿山甲听了说："这是好事啊，我愿意帮助你。"说着就把绳子拴在自己的身上，然后对帕龙靠说："等我在地下钻五圈后，你再穿牛鼻子吧！"穿山甲说着一下子就钻进地里了。可是帕龙靠太心急了，当穿山甲在地里钻两圈时，他就用刺猬的刺猛刺牛的鼻子，牛痛得跳了起来，把地里的穿山甲拉了出来。穿山甲叹着气说："你太心急了，我帮不了你。"说完就走了。

帕龙靠见刺猬、乌龟、穿山甲都不能帮他这个忙，心里很难过。他拉着牛低着头走着走着，一张又宽又大的树叶突然打在他的脸上。他抬头仔细看是一张芭蕉叶，一棵芭蕉树就在他面前。芭蕉树见帕龙靠闷闷不乐，就问道："什么事让你不高兴啊？"帕龙靠把想穿牛鼻子，但是刺猬、乌龟、穿山甲都帮不了他的事告诉了芭蕉树。芭蕉树听了哈哈大笑起来，说道："我以为是什么大事，把你愁成这样，它们帮不了你，我可以帮你。"说着就把拴牛脖子的绳子，牢牢地绑在自己的腰身上，然后叫帕龙靠用刺猬给的刺刺牛鼻子，果然刺穿了牛的鼻子。帕龙靠高兴地用绳子绑着牛的鼻子，牵着牛拴着木头下山去了。

---

① 闷啊闷：黎语直译，穿山甲啊穿山甲。

从此以后，人们总是穿牛鼻洞，用绳子绑着牛鼻子，牵着牛犁田、拉木头、拉车。

讲述者：黄家防，男，黎族，55岁，农民

采录者：保亭县文化馆普查队

采录于保亭县保城镇石峒村委会南九村

故　事

/幻想故事/

金棺材

从前，平岭脚下有一对夫妇，丈夫心地善良、老实，爱帮助别人。哪家缺吃少穿的，只要家里有，他都给他们送去。因此家里很穷，妻子经常埋怨丈夫，说丈夫傻。

有一年干旱，没水种稻谷，妻子想：种不了地，没什么事做，不如让丈夫去做点生意，说不定能赚点钱回来，也好过日子。于是，妻子就把省吃俭用攒下来的一百块钱给了丈夫，让丈夫到崖城去做点小生意。临走时妻子叮嘱丈夫要多留心，不要上了别人的当。丈夫让妻子放心，说他一定会小心，不会上别人的当，就拿着一百块钱上路了。丈夫走到半路，看见一位老人赶着一群鸭子去卖，就问老人卖多少钱，老人说只卖一百块钱。老人还说他家里没米了等着卖鸭的钱买米，要不然也不会卖这么便宜的。丈夫听老人这么一说，正好他身上带着一百块钱，就把鸭子买了下来。当他准备抓鸭子时，老人却说："慌什么？等我走远了你再抓。"丈夫老老实实地听老人的话，等着老人走远。谁知老人走远后，吹了一个口哨，鸭子一个个"嘎嘎嘎"地跟在老人的后面跑了，他一只鸭子也抓不到，一百块钱也没有了。他空手回到家，妻子问丈夫为什么赚不到钱，丈夫就把他在半路上和老人买鸭的经过告诉了妻子，妻子生气地骂丈夫："你笨，才被人骗。"丈夫不甘心地说："我不笨，是别人太聪明。"妻子被丈夫气得说不出话来。

妻子见丈夫没赚到钱，又编了竹笠准备让丈夫去卖。妻子编了七天七夜，好不容易编成了二十一顶竹笠，叫丈夫挑去卖。丈夫临走时，妻子对丈夫说："这一次，你要聪明啊，怎么也要赚一点钱回来。"丈夫听了点点头，挑起竹笠就走了。他走着走着，来到一片田地时，突然下起了大雨，正在田边吃草的牛都被淋得湿漉漉的。他觉得牛可怜，就把一顶顶竹笠戴在牛的头上，二十一顶竹笠，不多不少，正好戴在二十一头牛的头上，之后便高高兴兴地回家去了。

转眼就到了大年三十，妻子拿出家里仅有的三块钱让丈夫去买年货。丈夫临出门时，妻子再三嘱咐，一定要把年货买回来。丈夫连连向妻子保证，这次一定会把年货买回来的，就拿着钱出了门。他来到集上，看见好多好吃的东西，可是他的钱太少了，不知买什么好。他逛来逛去，逛到了一个角落，看见一位驼着背的老妇人，守着一副小棺材发愁，非常可怜。他想：这个老妇人一定是有什么难事了，大年三十拿着棺木出来卖。他心里只想着老妇人有什么难事，却忘了妻子交待的话，拿身上仅有的三块钱，买下了老妇人的小棺材。

天黑了，家家都在吃年夜饭了，还不见丈夫拿着年货回来。妻子着急了，就走出门看。她刚走到门口就看见丈夫扛着一口小棺材回来。妻子见丈夫很晚才回来，本来就很生气了，又见丈夫不仅没有买年货，还带回一口棺材，一气之下就把棺材扔在了家门前的一棵芭蕉树下。

初三的那天，妻子很早起来打扫屋子，扫完屋里，又扫屋外。她扫到门前的那棵芭蕉树看见那口小棺材时，很生气，想把它扔掉。她弯下腰去抱小棺材，可小棺材太重了，抱不动。妻子觉得奇怪，就把小棺材的盖打开，看见棺材里满满都是闪闪发光的金子。

讲述者： 高文理，男，黎族，80岁，农民

采录者： 保亭县文化馆普查队

采录于保亭县响水镇响水村委会什掘一队

孤儿与星姑娘

从前，七指峰下有一条小河，河水清澈见底。河边有一个村寨，寨里有一个孤儿，名叫打山。打山从小没了父母，靠给龙公①看山栏园生活。因为白天会有鸟来吃山栏，晚上会有山猪来吃山栏，打山白天看守山栏，晚上也不敢睡，怕山猪来吃山栏。如果让龙公知道山栏被吃，龙公几天都不会让他吃饭。打山每天在山上看守山栏，白天摘摘野果，砍砍柴，日子还好过。但到了晚上，山里一片漆黑，只有天不下雨时，天上布满了星星，打山会数着星星等待天亮。打山夜夜数，一年又一年。

有一天夜里，打山望着天空，数着天上的星星。数着数着，一直数到深夜，睡着了。天亮他醒来时，看见身上披着一件衣服。打山以为是上山打猎的好心人见他睡着，夜深天气凉就给他披上的。打山不知道是谁的衣服，只好把衣服放好，想着知道是谁的衣服后好还给人家。第二天夜里，打山醒来又看见一件衣服披在了他的身上。第三天、第四天，接连几天都是这样，打山想知道究竟是哪个好心人给他披的衣服。一天晚上，打山像往常一样，看星星，数星星。到深夜时，打山便假装睡着了。过了一会儿，打山觉得有一个人慢慢走近他，然后轻轻地往他身上披衣服。这时候，打山突然站了起来，睁开眼睛，他一下子呆住了，一

---

① 龙公：地主或财主。

位漂亮的姑娘站在他的面前。打山不敢相信自己的眼睛，揉了又揉，看了又看，问道："姑娘，你是哪个峒的？三更半夜怎么跑来这里。"姑娘笑了笑说："我是你夜夜数、夜夜看的星星，我来帮你看守山栏园。"打山听了，又说："我很穷，你帮我看守山栏园，日子会很苦。"星姑娘坚决留下来和打山一起看守山栏园。她抬起手轻轻一挥，打山的破茅棚突然变成了新的房子，房子里有锅和桌，还有床。从此，白天打山打猎，星姑娘看守山栏园，晚上两人一起看星星，幸福地生活。

打山在山上守山栏园，娶上漂亮的老婆，过上好日子，这些事被龙公知道了。龙公派了很多家丁上山，把星姑娘抓走了。打山打猎回来，没看见星姑娘，到处找，才听人说龙公抓走了星姑娘。打山每天吃不下饭，睡不着觉，想着怎样才能救出妻子。一天晚上，打山看着天上的星星，想着妻子。他越想越伤心，就哭了起来。他哭着哭着，突然看见从天上飞下一个又一个的姑娘。她们来到打山的面前，对打山说："我们是星姑娘的姐姐和妹妹，我们是来告诉你救星姑娘的办法的。七峰岭上有一只金凤凰，金凤凰的肚子里有一颗夜明珠，你得到夜明珠就能救出你的妻子。"星姑娘们说完，又飞回天上了。

打山为了找到金凤凰救出妻子，连夜带着砍刀和弓箭向七峰岭出发了。打山走了七天七夜，来到了七峰岭的脚下，他抬头一看，七峰岭高到半空中。打山抓住山藤，一棵大树接着一棵大树地往上爬，他爬过了七千七百七十九棵大树，终于爬上了七峰岭的山顶。他刚站稳，就看见一只金光闪闪的鸟从他头顶飞过，他急忙拉开弓箭射去。打山射箭非常准，一箭就射中了金凤凰。打山从金凤凰的肚子里取出了夜明珠，急忙下山去救妻子。

　　星姑娘自从被龙公抓去，不吃不喝，一天天地变瘦，瘦得不好看了。龙公见星姑娘不漂亮了，就叫她去扫地。星姑娘天天扫地，若扫不干净，龙公就不让她吃饭。星姑娘每天伤心流泪，日夜想念着打山。打山拿着夜明珠又走了七天七夜，来到龙公的家，在龙公家门口卖起了夜明珠，很多人都围着看。龙公听到有人在他家门口大声叫卖，就出来看。他看见打山手中金光闪闪的夜明珠，两眼发直，嘴巴张得好大好大，口水一直往外流。龙公拿出很多银子买打山的夜明珠，打山不肯卖。龙公又拿出很多地契，想用很多田地换打山的夜明珠，打山也不肯。龙公见打山银子不肯要，田地也不肯要，心想打山一定是想要漂亮的女人做老婆，就把家里所有漂亮的女人都叫到打山面前，让打山挑。星姑娘已经变得又瘦又丑，所以龙公没有叫她。龙公家里好几百个漂亮的女人站在打山的面前，打山看一个摇摇头，看一个又摇摇头，始终没看到他的老婆。龙公见打山连连摇头，一个也看不上，就问他想要什么，只要打山想要的他都给。打山就让龙公把他家里老老少少的女人都叫来，龙公只好把家里老老少少的女人都叫到打山的面前。虽然星姑娘已经变得又瘦又丑，但打山还是一眼就能认出她来。打山直接走到星姑娘面前，牵着她的手，把夜明珠扔给龙公，带着星姑娘回家去了。从此，他们俩幸福地生活在一起，生儿育女，一直到老，永不分离。

讲述者：卓爱英，女，黎族，56岁，干部

采录者：保亭县文化馆普查队

采录于保亭县

哥哥贪钱被钱埋

从前，有两个兄弟，哥哥很贪心，弟弟勤劳、善良、诚实。弟弟在山上种山栏稻，经常被猴子偷吃，他非常生气，下决心要抓住偷吃他山栏稻的猴子。

有一天，弟弟想到了惩治猴子的好办法。他用锅底黑灰把自己的脸抹得黑乎乎的，然后跑到山栏地里坐着。一群猴子来偷吃山栏稻，看见黑乎乎的东西坐着不动，以为是山神，就把弟弟抬回了山洞里。弟弟等猴子出去偷吃东西时，把留守在山洞里的猴子打死，猴子们回来，看见山洞里的猴子死了，以为是它触犯了山神，被山神打死的，个个赶紧跪下来，请求山神不要怪罪它们，它们愿意把最好的宝贝拿来供给山神。弟弟听到猴子要拿最好的宝贝供给他，心里暗暗高兴，又见猴子很害怕山神，想借这个机会吓一吓猴子，让猴子以后不敢去吃他的山栏稻，就说："你们有什么宝贝，快快给我拿来。还有，以后不准再去吃人家的山栏稻了，如果让我知道你们吃了别人家的山栏稻，我就让你们一个个死掉。"猴子们看见山神突然开口讲话，个个吓得全身发抖。猴王急忙拿出一个发光的竹筒，放在弟弟的面前，对弟弟说："山神啊，这是我们山洞里最宝贝的东西了，现在我把它献给你，并向你保证，以后不再去吃别人家的稻谷了。"深夜，弟弟等到猴子们都睡了，就拿着猴王给的竹筒，偷偷跑回家去了。

弟弟回到家后，拿着猴王给他的竹筒看来看去，也看不出这个竹筒有什么好。弟弟心想：是不是猴王骗他？看着看着，他不小心把竹筒掉在地上，没想到当竹筒掉到地上时，小猪啊，小牛啊，小鸡啊，个个从竹筒里跳了出来。这些动物开始很小，不一会儿，就变大起来。弟弟又拿着竹筒往地上轻轻一敲，一下子又有了新房子，还有很多好吃的，他非常高兴。有了这个宝竹筒，想要什么就敲一下，弟弟很快便富了起来。

哥哥见弟弟突然变富，就跑到弟弟家问弟弟是怎么得到那么多的猪和牛，还有新房子的。弟弟就老实把他得了宝竹筒的事情告诉了哥哥。哥哥求弟弟把宝竹筒借给他，弟弟经不住哥哥的再三要求，就把宝竹筒借给了哥哥，哥哥拿着宝竹筒高兴地跑回家去了。

哥哥回到家急急忙忙地敲起宝竹筒来，小猪啊，小牛啊，小鸡啊，个个从竹筒里跳了出来。可是哥哥不想要猪、牛、鸡，就把猪、牛、鸡都赶跑了。哥哥想要的是银子，他拼命地敲竹筒，然后大声喊："坚啊感啊，任任天，任任天。①"哥哥不停地敲，不停地喊，竹筒里果真掉出一个又一个的银子来。哥哥见竹筒里掉出银子非常高兴，他想：这下发财了，我可以要很多很多钱，变成世界上最有钱的人。哥哥想要很多钱，就不停地敲着竹筒，敲着敲着，银子越来越多，屋里满满都是银子，结果哥哥被银子埋在里面，再也出不来了。

讲述者：陈文章，男，黎族，75岁，农民

采录者：保亭县文化馆普查队

采录于保亭县保城镇西坡村委会大坡一村

① 坚啊感啊，任任天，任任天：黎语直译，钱啊钱，快快来，快快来。

黑心的劳感

　　很久以前，吊锣山下有一对夫妻，老了才生了个儿子。他们给儿子取名叫劳感。夫妻俩老来得子，所以非常爱他，儿子要什么就给什么，也从不让儿子干活。劳感从小让父母惯得只会玩和吃，大了成了一个什么都不会做的人。劳感到了娶老婆的年龄了，这对夫妻托很多媒婆给他说了很多门亲事，可是没有一个姑娘愿意嫁给他。不久，这对夫妻死了，劳感每天吃喝玩乐，也不干活，不到几年就把父母留给他的家产全部给败光了。

　　有一天，劳感饿得实在不行了，他想到有一个远方亲戚住在七峰岭脚下的一个村寨，决定去亲戚那里找饭吃。他饿得肚子一直咕咕叫，想马上就能吃上饭。他想：走山路近，可以很快就到。于是，他就从吊锣山走山路去七峰岭。山路不好走，劳感从小没有上过山，没受过这样的苦。他走一会儿，又歇一会儿，又饿又累走不动了，他就躺在地上。他觉得头下有个东西软软的，就扭头看，突然吓得跳了起来，原来他把头枕在一条蛇的身上了。劳感拔腿就跑，跑着跑着，边跑边想：要是把蛇抓去卖，一定能卖到很多钱。劳感想到钱，什么都不怕了。他拿着一根木棍，又跑回刚才的地方，看见蛇还在，他非常高兴，举起木棍就向蛇打去。当他的木棍举到半空中时，蛇突然讲话了。它说："阿哥啊，你救我，我一定报答你。"突然听到蛇讲话，劳感吓得扔下木棍又跑。跑了一会儿，劳感觉得奇怪，心想：明明就是一条蛇，怎么会讲人话。劳感又回头来看那条蛇，他走近蛇仔细看，才发现这条青蛇受伤了，它的尾巴在流血。青蛇见劳感又来了，说："阿哥啊，你救我，我一定报答你。"劳感壮着胆说道："你一条蛇能报答我什么，我抓你去卖，说不定还能卖到很多钱。"青蛇说："你把我卖了，是能拿到很多钱，但总有一天会花完的。只要你救了我，我会让你一辈子想要什么就有什么。"劳感觉得青蛇说得有道理，于是，他找来草药咬烂敷在青蛇的伤口上，并包扎好。青蛇感激地对劳感说："阿哥，你救了我，你想要什么就说吧。"劳感说："我想要大房子，还有很多钱。"青蛇说："好，你回去吧，你会有大房子和很多钱的。以后有什么事要我帮你，你就到这里来找我。"说着青蛇就钻进树林里去了。

劳感到了亲戚家只会吃，不会干，不到几日，亲戚就赶他走，劳感只好回家。当劳感回到家时，他惊呆了。他原来住的地方有一座好大好大的房子，房子里有很多银子。劳感哈哈大笑，说道："一下子又有钱了，好日子又来了。"劳感有钱以后，又开始吃、喝、赌。但他白天在外玩乐，晚上回到家没人陪他玩和说话。于是，他也想像那些有钱的财主一样，有一堆佣人侍候他。可是他已经把钱花得没剩下多少了，没钱请佣人了，这时他想起了青蛇，就去找它。劳感找到青蛇，对青蛇说他想要花不完的钱和佣人，青蛇又答应了他的要求。从那之后劳感有花不完的钱，又有人侍候，天天吃好、喝好、玩好，过着财主的生活。过了几年，劳感对财主的生活厌烦了，他看见别人当官很威风，也想当官，就去找青蛇，青蛇又答应了他的要求。劳感当官后，不仅不为老百姓办事，还祸害老百姓，老百姓恨透了他，可是都拿他没办法。青蛇知道劳感不仅懒，还黑心害人后，决定要惩治劳感。

有一天，青蛇装扮成一个穿着破烂，手持拐杖的老阿婆，来到劳感当官的衙门喊冤。青蛇扮成的老阿婆，一步一步来到衙门，跪着对劳感说："大人啊，我家唯一的一头牛被村里的财主抢走了，求您为我做主，要回我的牛吧！"劳感见她穿着破烂，驼着背，问也不问，就让老阿婆拿一百两银子作为回报。青蛇见劳感开口就要钱，就说："大人啊，我无儿无女，一个老太婆，别说是一百两银子，就是一个铜钱，我也没有啊。"劳感一听到没钱，就气得大声说道："哼，没钱你来喊什么冤呀，快快滚。"青蛇又说："大人啊，您就可怜可怜我吧，没了牛，我就活不下去了。"劳感见老太婆既没有钱，又不肯走，就命他的手下把老太婆拉出去。老阿婆不肯走，劳感又命他的手下打老阿婆一百大板。劳感的那些奴才，个个跟狼一样扑过来使劲地打。青蛇摇头叹气地说："劳感啊劳感，我以为你只是贪财，想不到你的心更黑，你想要钱就过来。"劳感听老阿婆说想要钱就过来，高兴地大笑，说："谁来这里刚开始都说没钱，结果一打就有钱了。"劳感边笑边向老阿婆走去。当劳感走近老阿婆时，老阿婆突然变成了一条青蛇，劳感吓得转身想跑，可是他哪有蛇快，青蛇张开大嘴一下子就把劳感给吞了。

讲述者：林石梅，男，黎族，81岁，农民

采录者：保亭县文化馆普查队

采录于保亭县什玲镇大田村委会丁誓村

宝戒指

古时候，九曲岭下有一个叫阿旦的年轻人，他勤劳、诚实。阿旦从小就没了父亲，母亲一个人把他养大，他靠给峒主做长工过日子，日子过得很艰苦。

有一天，峒主叫阿旦上山收割山栏。阿旦走到半路时，遇见一位老人，挑着一担柴走不动了。老人叫阿旦帮她把柴挑回家，阿旦二话不说挑着柴跟着老人走了。走着走着，走了很久，走进了深山老林，还是没看见老人的家。他奇怪地问老人："老阿婆，您怎么住在这深山老林里呀？"老人就说："年轻人，你要是不愿意帮我这个老人，你就放下柴走吧。"阿旦说："不是我不愿意帮你，可我们都走半天了，太阳也都快落山了，还没到你家。今天峒主叫我上山收割山栏，我今天什么活都不干，回去峒主是不会让我吃饭的，我只能饿肚子了。"老人听完阿旦的话说："年轻人！你是个善良、诚实的人。你不用担心，你帮了我，我也会帮你的。"老人说着就拿出了一枚戒指送给阿旦，并对阿旦说："年轻人啊！你把这个戒指戴在手指上，你想要什么东西，只要摸一下戒指，东西就会出现在你的面前。"老人说完就不见了。这时，太阳已经落山了，阿旦的肚子也饿得咕咕叫，阿旦心想要是这时候有饭菜吃，该多好啊。他想起刚才老阿婆说的话，想着不知是真是假，就试着摸了一下戒指。突然，好多饭菜真的出现在他的面前。从来没见过这么好的饭菜的阿旦，吃得饱饱之后，高兴地回家去了。

阿旦回到家后，想到母亲为他辛苦了一辈子，也没过上好日子。他想让母亲住大房子，有田有地，再也不愁吃、不愁穿，就摸了一下戒指。瞬间，一座大房子，看不到边的稻田，出现在他的面前。

阿旦突然变得很有钱的消息，传到峒主的耳朵里。峒主多次派人打听，终于知道阿旦有一个宝戒指，谁得了这个戒指，想要什么就有什么，峒主做梦都想得到这个戒指。

一天，峒主派人到阿旦家，请阿旦到他家做客。阿旦不知峒主在打他戒指的主意，就去了峒主家。峒主在家里摆酒席，做了很多好吃的菜，并拿出他都不舍得喝的山栏酒招待阿旦。阿旦喝着好酒，渐渐喝醉了。峒主等阿旦喝醉后，就偷偷摘下了阿旦手上的戒指。峒主想：要是阿旦被台风吹下大海，这个戒指就是我的了。于是峒主就摸了一下戒指，突然大雨下起来了，台风刮起来了，把阿旦刮下了大海。

阿旦醒来发现自己在一个岛上，四周一个人也没有。他想回家，就准备摸手上的戒指，可是戒指不见了，这才知道自己上了峒主的当了，非常后悔。

讲述者： 洪青，男，黎族，70岁，农民

采录者： 保亭县文化馆普查队

采录于保亭县响水镇响水村委会什掘一队

神奇的灵芝

从前，有一位小姑娘很可怜。她从小没了父母，与奶奶一起生活，日子过得非常苦。小姑娘到九岁时，突然眼睛什么也看不见了。家里的日子本来就很艰苦，哪有钱给小姑娘看病买药呢？奶奶非常焦急，小姑娘也伤心极了。

一天晚上，小姑娘做了一个奇怪的梦。梦见一位老人告诉她，七仙峰上有一棵千年灵芝王能治好她的眼睛。小姑娘醒来后，把梦里老人说的话告诉了奶奶，还说她要上山去找那棵千年灵芝。她的奶奶听了说："傻孩子，你是在说梦话吧！七仙峰那么高、那么陡，别说你，就是神仙也很难上去。"可是，小姑娘一定要去找那棵灵芝王，她说："奶奶，不管有多难，我都要去。这样才能把我的眼睛治好，帮奶奶干活。"小姑娘的奶奶没办法，只好答应。

第二天，小姑娘的奶奶很早就起来准备好路上吃的，便和小姑娘一起上山了。小姑娘看不见路，她的奶奶牵着她的手走。小姑娘的奶奶很老了，平时走路都很困难，何况这次走的又是山路。他们走走歇歇，走了很久，终于来到七仙峰脚下。小姑娘的奶奶抬头望着七仙峰，只见七仙峰高不见顶。她心里想：这么高的山怎么上去呢？为了治好孙女的眼睛，无论如何也要想个办法，就对小姑娘说："孩子，你在这里不要动，奶奶去找根藤来，这样才能爬山。"奶奶去找藤了，小姑娘一直站在原地不动。过了一会儿，小姑娘的耳边响起了清脆的声音："你就是那个双目失明的小姑娘吧！七仙峰上的灵芝王能治好你的眼睛，跟我走吧！"小姑娘只觉得腾空而起，然后轻飘飘的，耳边传来"呼呼"的风声。不一会儿，又听到清脆的声音："到了，灵芝王就在你的面前，只要一伸手就能摘到，快摘吧！"小姑娘伸手一摸果然摸到一棵灵芝，就把它摘下来紧紧搂在怀里。小姑娘又觉得腾空而起，然后轻飘飘的，耳边又传来"呼呼"的风声。不一会儿，就听到一声："到了。"再说小姑娘的奶奶找到藤子回来，不见小姑娘，正在万分焦急的时候，突然见小姑娘出现在她的身旁，手里还拿着一棵灵芝王，非常高兴，连忙拉着小姑娘的手回家去了。

回到家后，小姑娘的奶奶用水煮灵芝王给小姑娘喝，并给小姑娘擦眼睛。过了七天七夜，小姑娘的眼睛竟全好了，她又能看见东西了。

讲述者：黄月美，女，黎族，62岁，农民
采录者：保亭县文化馆普查队

采录于保亭县

艾千与仙草

相传很久以前，七仙岭下的三弓地区，有一个姑娘叫艾千。艾千不但勤劳、美丽，而且山歌唱得非常好听。

艾千从小没有父母，跟哥哥一起生活。嫂子是个恶毒的女人，她看见艾千漂亮，唱歌又很好听，非常嫉妒，经常找各种理由打骂艾千。

有一天，天还没亮，嫂子叫艾千去挑水煮饭。她不准艾千到村里的水井里去挑水，说水井里的水脏，叫艾千到村外很远的七仙岭上去挑山泉水，说山泉水煮的饭香甜好吃。艾千去很远的七仙岭上挑山泉水，脚和肩膀被磨破流了血，好不容易挑水到家，可是嫂子说她挑得太慢，抢过艾千肩膀上的扁担，就往艾千的身上打。她打得艾千全身青一块、紫一块，还不消气，又马上叫她烧火煮饭。艾千蹲在涛踏①旁，不敢离开半步，火把艾千的脸照得通红，看起来更漂亮了。嫂子打艾千打累了，就坐着喝酒。她一边喝酒，一边看艾千煮饭。她看见艾千红红的脸非常漂亮，更来气了，扔下手中的酒碗，冲到艾千面前，气冲冲地说："天天吃我的穿我的，我从小养你都养成妖精了。"说着抹一手锅底的黑灰，就抹在艾千的脸上，抹呀抹呀，擦呀擦呀，一直把艾千的脸抹得黑乎乎的，她才停手。她见艾千的脸乌黑乌黑的，不漂

①　涛踏：黎语直译，饭锅。

亮了，她高兴极了。从此，嫂子天天都把艾千的脸抹得黑黑的，日子久了，艾千的脸不管怎么洗，都洗不回原来那样漂亮了。

艾千每天都被嫂子打骂，日子很难过。一天，艾千在山上看守山栏，周围一个人也没有，只有小鸟在树上"叽叽喳喳"地欢叫。艾千听到树上小鸟的叫声很好听，想着自己很久没唱歌了，于是，她就唱起山歌来。她那美妙和动听的歌声在山里传得很远。这时正好黄帝带着随从出来打猎，听到艾千的歌声，心想：这么美的歌，唱歌的姑娘也一定非常美丽。黄帝便决定去找唱歌的姑娘。黄帝顺着歌声找到艾千的山栏园，艾千发现突然有人来了，马上就跑进了森林。黄帝不明白艾千为什么跑，急忙喊："不要怕，我不是坏人。"黄帝哪里知道，虽然艾千的歌声很好听，但是她美丽的容貌已经被嫂子毁了，现在是满脸黑一块灰一块的，非常丑，她不想被人看见。

艾千跑到一条溪边，坐在一块石头上，从清澈见底的水里，看见自己的丑模样，伤心地哭了。她哭着哭着，累了就睡着了。睡梦中一个漂亮女子对她说："姑娘不要伤心难过了，我是草药神仙，小溪对面的石头缝里，有一棵开着红花的草，你把它摘来吃，你就会变得美丽无比了。"艾千醒来，半信半疑地看着小溪对面，想不到真的就看见一棵开着红花的小草。艾千急忙走过去，把小草摘来吃，瞬间，艾千比原来更漂亮了。艾千高兴地唱起山歌，动听的歌声又传了很远，谁知被山里的山妖听见了。山妖顺着歌声跑来，看见正在唱歌的美丽的艾千。它从来没有见过这么漂亮的姑娘，高兴地说："我美丽的姑娘，我知道你在日夜思念着我，我来了，你嫁给我吧！"艾千不肯嫁给山妖，被山妖抓去关在一个山洞里。艾千在山洞里，日夜唱歌。一天又一天，一年又一年，过了很久。

一天，黄帝又来到艾千种山栏的山里打猎，又听到了艾千的歌声。黄帝带着随从跟着歌声去找唱歌的姑娘，他们走过七七四十九条河，爬过七七四十九座山，走了七天七夜，来到了一个山洞前。歌声就是从这个山洞里传出来的，洞口还有一只山妖守着。山妖看见有人来了，大吼一声，就扑了过去。黄帝反应快，闪身躲过，并"唰"地拔出剑刺去，没想到山妖虽然笨重，但很机灵，躲过了黄帝的利剑，又扑了过来。黄帝眼看就要被山妖抓住，这时黄帝的一个随从"唰"地射出一箭，正好射中了山妖的一只眼睛，另一个随从也"唰"地射出一箭，也正好射中了山妖的另一只眼睛。山妖瞎了双眼，到处乱抓。黄帝趁这个机会，一剑斩下了山妖的头。山妖头落地，倒在地上死了。

黄帝救了艾千，拉着她回到了皇宫。从此，两个人幸福地生活在了一起。

讲述者：高文理，男，黎族，80岁，农民
采录者：保亭县文化馆普查队
采录于保亭县响水镇响水村委会什掘一队

龙仔和狗熊

很早以前，有一个可怜的龙仔①，不能忍受龙公②的虐待，一气之下打了龙公一顿，逃到了山上。他在森林里白天摘野果吃，晚上靠着树头睡。

有一天，下大雨。他又饿又冷，想找野果，走着走着，就来到一个山洞口，便走了进去避雨。龙仔找一块石头坐下，坐着坐着，就睡着了。一声吼叫，像打雷一样，把龙仔惊醒了。他睁开睡眼，见一只狗熊走进洞来。他慌忙站起来想跑，没想到狗熊挡住了他的去路。龙仔以为狗熊要吃他，吓得连连往后退，可是，狗熊并没有吃他，而是慢慢走到他面前，低着头哀声叫着。龙仔很奇怪，动也不敢动。狗熊又哀叫起来，还不时地抬起它的右脚。这时龙仔才看见狗熊的脚板底下流着血，再仔细一看发现一根戈弄③刺扎进了熊掌里。龙仔慢慢蹲下来，轻轻地帮狗熊把脚掌里的刺拔出来。从此以后，龙仔和狗熊就成了朋友。

龙仔和狗熊同住在一个山洞里，龙仔摘野果，狗熊捕猎，日子过得很舒服。一天，有个人上山打猎，看见了龙仔，就回去告诉了龙公。龙公知道龙仔逃到山上躲了起来，马上带着一帮人上山去抓龙仔。龙

---

① 龙仔：黎语中指雇工仔。
② 龙公：黎语中指地主或财主。
③ 戈弄：黎语直译，野板栗。

公带着一群人满山找，终于看见龙仔正在摘野果。龙公叫人悄悄围上他，等靠近了，大家再一起冲过去打死龙仔。可是龙公不小心碰到了一棵树，惊动了树上的小鸟，鸟吓得纷纷飞走。龙仔凭着自己在山里生活的经验，知道有人来了。他观察周围，终于发现龙公带了很多人来抓他。龙仔赶紧跑了，龙公见龙仔跑了，急忙带着人追。龙仔跑呀跑呀，没想到跑到了悬崖边上，没路跑了。龙公很快地追到了悬崖边上，他见龙仔跑不了了，高兴极了。龙公大声地说："龙仔，看你还能跑到哪里去，你居然敢打我，我一定要重重惩治你。"说着命人向龙仔冲去，就在这时，一声吼叫吓得龙公和他的手下立刻停下了脚步。还没来得及看清是怎么回事，一只狗熊就从他们的后面冲了上来，一脚一个，他们被一个一个地踢下了悬崖，摔死了。

讲述者：卓爱凤，女，黎族，51岁，农民
采录者：保亭县文化馆普查队

采录于保亭县

老人和白兔姑娘

从前，有一位勤劳、老实的老人。他在山岭上砍了一块地种山栏，每天天没有亮就上山干活，天黑才回家。

有一天，老人也是早早就上山干活，很晚才下山回家。天很黑，到处都是漆黑一片。山路不好走，老人小心地走着，走着走着，突然从黑暗中跑出了一个白白的东西。老人不由得站住，仔细一看，原来是一只小白兔。这只小白兔非常漂亮，白白的，光亮的皮毛在漆黑的晚上显得像天上的月亮一样。老人非常高兴，笑眯眯地盯着小白兔。那只小白兔也奇怪，不但不跑，反而跳到老人的肩膀上，老人将小白兔装进他的鲁嘎①里，继续赶路回家。老人走着走着，不一会儿，突然又见一团黑乎乎的东西跑了过来。老人仔细一看，吓了一大跳。一条长着五个头的蛇，吐着血红的舌头，十个眼睛正瞪着他。老人吓得全身发抖，他活到现在第一次见这样的怪物。怪物同时张开五个嘴问："你有看见一只小白兔吗？"老人害怕极了，但他还是忍住恐惧说："没有，我什么也没看见。"怪物又张开五个嘴说："真的没看见？敢骗我，我就要了你的命。"怪物说着一眨眼就不见了。"真是吓死人，要是让怪物知道小白兔在鲁嘎里就死定了。"老人摸摸胸口说着，又继续赶路。

老人回到家，把小白兔从鲁嘎里放出来，想不到小白兔一出来，

① 鲁嘎：黎语直译，刀篓。

马上就变成了一个漂亮的姑娘。老人又被吓了一大跳，慌慌张张地说："哎呀，今天是什么日子，总是碰到鬼。"姑娘见老人很害怕，就对老人说："老阿爹，您不要怕，我是仙女不是鬼。很久以前，我被蛇妖施了妖术，才变成了兔子。现在好了，我摆脱了蛇妖的纠缠，妖术被解除了，恢复了原来的样子。是老阿爹您救了我，我要报答您。"兔姑娘说着就轻轻张开嘴巴，吐出一个发亮的石头，递给了老人，并对老人说："您每天上山干活，天黑才回家，看不见路，路又很远。这个石头能发出光亮，它可以照见路，还能保您不生病，种什么得什么。"兔姑娘说完就不见了。

从此以后，老人每次上山都带着兔姑娘给他的那块石头。那块石头在夜里发出光，把森林照得跟白天一样，老人再也不怕天黑看不见路了。而且，老人种什么得什么，过上了舒适的生活。

讲述者：林石梅，男，黎族，81 岁，农民

采录者：保亭县文化馆普查队

采录于保亭县什玲镇大田村委会丁誓村

仙女井

　　七仙岭下的什冲行村，有一口水井。井水清澈、甘甜，一年四季不干枯，无论发生多大的干旱，井里的水也都不会干。全村人的饮用水，都取自这口井。干旱的时候，村里的人靠井里的水灌溉稻田渡过旱灾。

　　老人说，古时候还没有什冲行这个村，也没有现在村里的这口井。那时，这里没有水，只住着一户人家。这户人家靠开荒种山栏生活，喝水、煮饭要到很远的地方挑水。有一年，天大旱，河水干枯，山栏稻枯死。这户人家挖山薯和野菜充饥，过得非常艰难。

　　一天，七仙女从东海到七指山游玩，经过这个地方，口渴了，看见有一户人家，就从天上飞下来找水喝。可是这户人家说已经干旱很久了，一滴水也没有，他们都快渴死了。七仙女可怜这户人家，就商量着怎样帮助他们，让他们住的这个地方有水。二姐先开口："我们从东海引海水来，这样这里住的人们，就有水种稻谷和煮饭了。"三姐认为海水不好，反对说："海水很咸，稻谷会被咸死的。"四姐说："海水不好，就从七指山的温水湖引来温泉，这样稻谷就不会被咸死了。""温泉没有海水咸，但会烫死稻谷的。"五妹认为温泉也不好，急忙反对说。"海水也不好，温泉也不好，到底什么好？我们该怎么办？"最小的七妹，见大家都想不出什么好办法，着急地说。"要不我们给他们挖口水井，这样水就没有海水那样咸、没有温泉那样热了，也能用来种稻谷了。"六妹高兴地说。大姐听大家说完之后，说道："六妹的办法很好，但遇到干旱水井还是会干枯，人们一样没有水种稻谷。""现在大家需要想想怎么样才能找到让水不咸不热，又能让水永远都不会干的好办法。"二姐又抢先说："就按六妹说的，挖口水井，再从东海和温水湖引来海水和温泉到水井里。这样井里的水不冷不热，加上引自大海的水很多，水井也不会干枯。"大家听了，都觉得二姐的办法很好。于是，大家挖井的挖井，终于把井挖好后，引海水的引海水，引温泉的引温泉。

从此，这户人家靠这口井煮饭和灌溉稻田、种稻谷。因为井水是海水和温泉合在一起的水，所以井水不咸不淡，味道甘甜，而且冬天暖夏天凉，一年四季也不会干枯。有这样一口井的事，很快就传开了。很远地方的人都搬来这个地方住，时间久了，越来越多人搬来，这儿就成了一个村落，也就是现在的什冲行村。那口井到现在还是那样甘甜，冬天暖夏天凉，一年四季也不会干枯。

讲述者：梁志超，男，黎族，74岁，干部

采录者：保亭县文化馆普查队

采录于保亭县

白面虎

传说，很久很久以前，七指山里有一只老虎妖，它十分凶残，吃人连骨头都不剩。这只老虎妖虽然全身长得乌黑，但脸却是白色的，所以人们都叫它"白面虎"。白面虎妖天天跑下山来吃人，它很会变化，能变成各种东西来骗人上当，然后再把人给吃了。人们非常害怕，都不敢出门。

村里有一对夫妻，生下了一个男孩。这个男孩刚出生就会讲话，三个月后就会走路，没过几年就长成一个身材高大，相貌英俊的小伙子。这对夫妻认为他们的孩子是神仙托生的，就给他起名叫千龙。千龙从小力大无比，枪刺得很准，箭也射得很准。千龙不但长得好看，而且非常懂事，经常帮父母上山砍柴，帮父母犁田种地，一家人快快乐乐地生活着。可是没过多久，不幸的事情发生了。

有一天，他的父亲上山砍柴，天黑了还不见回来。他和母亲非常着急，就点着火把上山找，满山找遍了也找不到他的父亲，一直找到天亮。天亮后，他们才发现地下有一摊血和衣服碎片。他的母亲一看，马上就晕了过去。那些衣服就是他父亲当时穿的衣服，他的父亲被老虎吃掉了。他伤心极了，暗暗下决心要杀了这只老虎给父亲报仇。

千龙的父亲死后，母亲天天哭泣，没多久就病倒了，所有的活儿都落在千龙的身上。他每天要赶牛到山上放，还要干地里的农活。母亲担心他外出干活遇到老虎，每次千龙出门时，母亲总是叮嘱他说：
"孩子啊！虽然你力大，但那老虎妖很会变化，不好对付，你出门、上
山一定要千万小心。"千龙听了总是安慰母亲说："阿妈啊！您放心好
了，我不会上它的当的。"千龙安慰完母亲，就出门干活去了。

一天，千龙赶着牛上山。他观察周围，没发现什么，便放心地坐
在地上看牛吃草，看着看着，累了就躺在草地上睡起觉来。睡得正甜，
"哞……哞……"突然牛全都惊恐地乱叫起来。他坐起身来看，只见对
面走来一位打扮得非常漂亮的姑娘。姑娘一摇一摆地走到千龙面前，
卖弄自己的腰身，然后笑眯眯地对千龙说："英俊的小伙子啊！我向你
问个路，下山要走哪条路啊？""走右边的那条。"千龙指着右边的那
条路说。姑娘笑眯眯地看着千龙，扭着腰和屁股走了。千龙又躺下来
睡觉，不一会儿，"哞……哞……"牛又全都惊恐地乱叫起来，把他又
吵醒了。千龙不耐烦地说："牛啊牛，你们今天是怎么啦？老是吵着不
让我睡觉。"千龙的话还没说完，只见刚才问路的姑娘又朝他走来。千
龙心里非常纳闷，他嘀咕着：下山的路不是告诉她了吗？她怎么又回
来了呢？千龙没来得及想太多，姑娘已经来到了他面前，笑嘻嘻地看
着他。千龙是第一次跟姑娘单独在一起，他的心"砰砰"乱跳，满脸
通红。他不知该怎么办，慌张地说："我不是告诉你下山的路了吗？你
又回来做什么？""回来陪你呀，我想你一个人在山上一定很寂寞，所
以又回来了。"说着就往千龙身上靠，千龙急忙闪开。姑娘见千龙躲开，
这一计不成，又生一计。她又假装头晕，要摔倒，以为千龙会去扶
她，可是千龙没有去扶她，她只好悻悻地走了。这个姑娘奇怪的举动
让千龙起了疑心。他等姑娘走后，又躺在地上，但这次不是真睡，而

是假睡。千龙假装睡得很沉，一直在打呼噜，看这个姑娘到底想干什么。姑娘又朝他走来，牛群再一次恐慌乱叫起来，叫声比前两次还要大。千龙眯着眼睛，静静地躺着，并把砍刀紧紧地握在手里。姑娘看见牛叫那么大声，千龙也没醒，就急忙向千龙扑去。千龙反应非常快，没等姑娘靠近他，"唔"一下子跳了起来，挥起砍刀就向姑娘砍去。姑娘见已经被千龙识破，马上露出凶残的原形。这姑娘原来是一只穿着漂亮衣服的老虎，它的脸是白色的。千龙心想：这一定就是人们所说的"白面虎"了，也就是吃我父亲的那只老虎。千龙想到惨死的父亲，愤怒地狠狠地向"白面虎"砍去。千龙与"白面虎"大战了几十回合，千龙力大无比，终于将"白面虎"砍死。

千龙拖着"白面虎"回到村里，让母亲看到他终于给父亲报仇了。"白面虎"被千龙杀死了，从此，人们再也不用害怕被"白面虎"吃掉，又可以继续上山放牛和砍柴了。

讲述者：黄月美，女，黎族，62岁，农民
采录者：保亭县文化馆普查队

采录于保亭县

阿根银和阿孔奥

从前，有一个勤劳、漂亮的姑娘叫阿根银。她从小没了父母，和阿哥阿嫂过日子。阿嫂对她很不好，每天叫她去放牛，牛吃不饱就不让她吃饭。阿根银天没亮就要赶着家里唯一的牛去放，她怕牛吃不饱，一直到天黑才赶牛回家，她饿了就摘野果吃，渴了就喝山泉水。她放的牛每天都是吃得饱饱的，又肥又壮。

阿根银天天放的这头牛，它吃草就拉出麻衣，吃花就拉出筒裙。阿嫂见牛对阿根银这么好，就想杀了牛。一天，阿嫂把一个鸡蛋放到口中，呻吟着对阿哥说："把家里的那头牛杀了做鬼，她的病才能好。"阿根银听说要杀牛哭着不让阿哥杀，阿哥说："妹妹啊，你阿嫂的嘴里生了一个大疮，痛得很厉害，三伯公①说杀牛做鬼才能好。"善良的阿根银见阿嫂不停地呻吟，只好伤心默许了。杀牛做完鬼，人们喝酒吃牛肉，把骨头扔给狗吃，阿根银流着泪赶着狗，不让狗吃牛骨头。她把所有的牛骨头拾起来，然后，拿着稻草到河边把牛骨头烧了。烧完后只见灰里出现许多闪闪发光的东西，阿根银扒开灰一看，原来是银衣、银筒裙、银项圈、银耳环。阿根银把银衣服和银首饰穿戴好，回到村里，全村的人都惊呆了。只见阿根银全身闪闪发光，她走到哪里，哪里就亮，夜里不打火把也能把路照个光亮。附近村寨的一位勇敢、

① 三伯公：道公。

英俊的年轻猎人爱上了阿根银。

　　阿根银村里的一个叫阿孔奥的姑娘，看见漂亮的阿根银穿上银衣服戴上首饰变得更漂亮，就连这一带最勇敢、英俊的年轻猎人也爱上了她，非常羡慕。她也想像阿根银那样变得漂亮，让最勇敢、英俊的年轻猎人也爱上她。一天，她家里杀牛做鬼，人们喝酒、吃牛肉、扔骨头时，她假装伤心，流着泪把牛骨头拿去烧，但烧完后只剩下一堆白灰，什么也没有。这时候的阿孔奥真的很伤心，她边擦着眼泪，边心里想：就算我不能像阿根银那样漂亮，我也要想办法让那个最英俊的年轻猎人爱上我。想着想着她高兴地笑了。

　　一天晚上，猎人来找阿根银但找不到她的家，正好碰见阿孔奥就问她："阿根银的家在哪里？"阿孔奥见最勇敢、英俊的年轻猎人就站在她的面前，高兴极了。她想要是他来找我那该多好啊，就对猎人说："没有鸡屎的房子①就是阿根银的家。"阿孔奥说完便急忙跑回家去了。猎人找到了没有鸡屎的房子，当他走进房子看见房子里的姑娘不是阿根银时，转身就要走。其实这个没有鸡屎的房子是阿孔奥的家，她很懒，一只鸡也没有养。阿孔奥见猎人要走急忙抓住猎人的手不让他离开，猎人又急又气，一脚把阿孔奥踢倒了，阿孔奥摔倒在地变成了一只老鼠。变成又丑又臭的老鼠的阿孔奥没脸见人，只好挖地洞，躲到洞里去了。猎人从阿孔奥的家里出来，找了很久才找到了阿根银的家，但阿根银不肯给他开门。他在门外苦苦哀求："我被别人骗，走错了门，去了别人的家，现在好不容易才找到你的家，你就开门让我进去吧！"

---

　　①　按黎族的习惯，一个人的家里有许多鸡屎，说明这个人很勤劳，养了很多鸡；没
　　　　有鸡屎则说明这个人很懒。

不管年轻猎人怎么样哀求，阿根银就是不开门。年轻的猎人没有办法，只好在门外等到了天亮。天亮了，阿根银开门看见猎人还在等，被猎人的真心感动，就嫁给了猎人。从此，他们俩过着幸福美满的生活。

讲述者：陈文章，男，黎族，75岁，农民
采录者：保亭县文化馆普查队
采录于保亭县保城镇西坡村委会大坡一村

六兄弟

古时候，吊锣山有一户人家，生下了六个男孩。说起来也真奇怪，这六个男孩，是这户人家的妻子怀孕十年才生下来的。他们刚生出来，就个个有本事。老大力大无比，千斤重的东西他都能搬得动，父母亲就给他起名叫"千斤力"。老二眼力好，多远的东西都能看得见，山猪在山上吃地瓜，他在家也能看得清清楚楚，父母亲就给他起名叫"千里眼"。老三耳朵好，别人在千里之外讲话他都能听得清楚，父母亲就给他起名叫"千里耳"。老四腿长，一步能走千里远，父母亲就给他起名叫"千里腿"。老五脚板大，一脚能踩千里地宽，父母亲就给他起名叫"千里脚"。老六吐一口口水就能熄灭大火，撒一泡尿就能变成洪水，父母亲就给他起名叫"千里水"。

六兄弟很快就长大成人，什么活儿都能帮父母干。老大力大，上山砍柴，砍一担柴就能烧一个月。老二眼睛好，在家就能看守山栏园，一旦看见山猪吃山栏稻，马上叫"千里腿"老四去赶。"千里腿"老四不用半步，就能到达山栏园赶跑山猪。有人商量着晚上要来偷他们家的鸡，"千里耳"老三听到后，叫"千里脚"早做好准备，等小偷到他们家时，"千里脚"抬起他的大脚板，小偷怎么跑都跑不出他的脚板。夏天，遇到不下雨，稻田里没水，秧苗快枯死的情况，"千里水"老六吐三四口的口水，就能灌溉全村的稻田。

　　关于六兄弟的本事，吊锣山地区的人都知道，并且传来传去，很快就传到了黄帝的耳朵里。黄帝很害怕六兄弟本事大，将来威胁到他的地位，马上召集朝廷官员，商讨怎么消灭六兄弟。黄帝要来打六兄弟的事情，被"千里耳"老三听到了，"千里耳"把这件事告诉了大家。他们的父母非常担心六兄弟会被黄帝抓走，不知怎么办才好。六兄弟都安慰父母说："阿爹阿娘，不用怕，他们来一个我们打一个，来一百我们就打一百，来一千一万我们照样打得他们个个逃不掉。"六兄弟们边安慰父母，边做好对付黄帝的准备。"千里眼"远远就看见黄帝骑着高头大马，带着很多官兵，朝他们住的村子赶来。六兄弟叫父母躲到后山，他们留下来迎战。

　　官兵刚进村，老大"千斤力"就左手一个右手一个把他们扔出千里外去；老五"千里脚"，抬起他的大脚板，一脚一个，把官兵踩在他的脚下；老六"千里水"更轻松，一泡尿就把黄帝的兵，淹死的淹死，冲走的冲走。皇帝的兵被六兄弟打得伤的伤，死的死，落荒而逃。

　　黄帝被六兄弟打败后，很不甘心。黄帝偷偷派人趁着六兄弟不在家，把他们的父母抓走了，并让村里的人转告他们，想救他们的父母，就用他们自己去换。六兄弟回到家后，村里的人把黄帝派人抓走他们父母的事告诉了他们，六兄弟个个争着去换回父母。他们来到皇宫，黄帝立刻下令把他们抓起来，命令他的兵牵来五匹又高又大的马，把"千斤力"五马分尸。刽子手们把"千斤力"的两只手、两只脚和头各绑在一匹马上，然后用鞭子狠狠抽在马的屁股上，马一下子四处拼命奔跑。这时"千斤力"的手和脚轻轻一动，五匹马一下子泰弯温莱①，倒地而死。黄帝看见，吓得昏死过去。过了很久，黄帝才醒过来。他见拿"千斤力"没办法，又命令人把老四"千里腿"扔进大海里。黄帝亲自带人把"千里腿"押到南海，叫四个大力士抬着"千里腿""嘭！"地一声扔进海里，海水喷起几丈高的浪花。黄帝见了哈哈大笑起来，说："这下你再有本事也活不了了。"正在黄帝和他的官员高兴时，海里的"千里腿"突然站了起来，海水才到他的腰间，淹不死他。他冲着岸上的黄帝说："黄帝啊黄帝，你想淹死我，门都没有。正好我的比帕②好久没吃过鱼了，我趁这个机会给他们抓条鱼。"他说着就抓了一条大鱼走上岸来，吓得黄帝和那些官员拔腿就跑。

　　黄帝逃回皇宫，仍不死心。他越想越气，又命他那些恶兵把"千里眼""千里耳""千里脚"和"千里水"绑在柱子上拷打。从早上打到下午，兵换了一批又一批，那些兵都打累了，他们兄弟还是没受伤。黄帝见了气呼呼地大叫："泰，泰达达。"③打着打着，"千里水"肚子里的尿再也憋不住了，一下子流了出来。他的尿像瀑布一样流个不停，淹没了皇宫，把黄帝和他的那些狗官都冲到大海里去了，六兄弟全家得救了。

　　他们全家着急地等待着老四"千里腿"回来，一起回家。"千里眼"叫大家不要着急，他已经看见"千里腿"拎着鱼正朝他们走来。"千里腿"腿长，一步两步，不一会儿，只见老四手里拎着一条大鱼站在

---

①　泰弯温莱：身体翻滚，四肢朝天。

②　比帕：黎语中指父母。

③　泰，泰达达：黎语直译，打，狠狠地打。

了全家人的面前，全家人都高兴极了。大家看见"千里腿"手中的鱼，才想起一天没吃东西，这时个个肚子饿得咕咕叫起来。大家忙着找柴烧鱼吃，"千里脚"对大家说："不用找了，我的脚板里正好有一根刺，把它拔出来烧鱼。"老大"千斤力"两三下就帮他把刺拔了出来，撕成一片一片，堆成一堆烧起鱼来。全家吃饱之后，六兄弟手拉着手，扶着父母回家去了。从此，全家人过上了快乐的生活。

讲述者：林石梅，男，黎族，81岁，农民

采录者：保亭县文化馆普查队

采录于保亭县响水镇响水村委会什掘一队

/生活故事/

没有猪仔赶猪娘

从前，有一个龙公，他有三个女儿。大女儿和二女儿都嫁给了有钱人，只有三女儿嫁给了穷人。龙公喜欢有钱的大女婿和二女婿，讨厌没钱的三女婿。

到了龙公生日的那天，所有的龙子①有牛牵牛，没牛赶猪，没牛没猪就拿鸡拿鸭，挑米挑酒来龙公家庆祝，龙公的三个女婿也来了，龙公家里非常热闹。平时这个龙公又贪心、又吝啬，总是想尽各种办法和手段，霸占龙子的家产。见龙子送很多东西，非常高兴，一时昏头，就说："今天我高兴，你们谁的话吉利，说得好，我就把猪仔奖励给谁。"这一带的人没有人不知道这个龙公是个吝啬鬼，他不抢不占你的就好了，你别想得到一分他的东西。在场的龙子听到龙公的话都不敢相信，只有他的那三个女婿争着说话。

大女婿抢先说："天长，地长，岳父命更长。"龙公听了，高兴地说："好好好，说得非常好，奖励一只猪仔。"二女婿也抢着说："大树高，山也高，岳父的命更高。"龙公听了，又高兴地说："好好好，说得

---

① 龙子：指租种龙公的地的佃户。

非常好，也奖励一只猪仔。"大女婿和二女婿听到岳父答应给他们猪仔，都笑哈哈地看着三女婿，他们心里暗暗想：今天你这穷鬼不但得不到猪仔，还要败面子啰。三女婿家里穷，靠砍柴生活，他每天用刀砍柴，就说："砍刀长，砍刀短，岳父的命就像砍刀一样短。"龙公一听大怒，就把三女婿赶出了家门。

三女婿不但没有得到猪仔，反而被岳父赶出了家门，他闷闷地回到家。妻子见他这么早就回来了，就问他为什么，三女婿就把他被岳父赶回来的事告诉了妻子。

他的妻子去到娘家，问父亲为什么给大姐和二姐猪仔，不给她。龙公说："那是因为她们的丈夫会说话，你的丈夫不会说话。"龙公的三女儿不服气，说她也会说一大堆的好话。龙公当初就不同意三女儿嫁给穷人，有东西也不愿意给她，很不高兴地说："你现在说一大堆好话，我也没有猪仔了。"三女儿说："没有猪仔就赶猪娘。"说着就把龙公的母猪赶回家去了。

讲述者：高文理，男，黎族，80岁，农民
采录者：保亭县文化馆普查队
采录于保亭县响水镇响水村委会什掘一队

乌布变乌鸦

相传，古时候七弓峒有一个峒主非常黑心，专门剥削和欺压村民。他见谁的老婆漂亮就霸占谁的，见谁的女儿漂亮就抢谁的。峒主有一个女儿叫乌布，她长着一张马脸，还有一只鳄鱼鼻子，非常丑，但很喜欢别人说她长得漂亮。

乌布每天什么活儿都不干，一天到晚只知道穿衣打扮。打扮好后，就到处走，遇见别人就说："你看我多漂亮。"可是不管峒主的女儿乌布穿得多么漂亮，还是很丑，人们还是不想多看她一眼。

有一天，乌布要去亲戚家玩。乌布想：去亲戚家应该穿得更漂亮。于是，乌布拿出所有的衣服，东挑西挑，左挑右挑，挑了半天都挑不到一件满意的衣服。她挑着挑着，看见一件蓝色上衣就把它穿在身上，但左看右看也不满意；她又看见一件红色的衣服，但把它穿在身上看了看还是不满意；又见一件黄色的衣服，又把它穿在身上。她挑到眼花，干脆穿了三件，还穿了三条筒裙，脖子上带一大堆项链，手上带一大堆手镯，才扭了扭屁股出门。乌布出门不久，走到半路，突然下起大雨。由于她穿了三件上衣，一层又一层；三条筒裙，一层又一层。她被雨水淋湿了，全身绷得紧紧的。红色衣服、黄色衣服和蓝色衣服，三件衣服被雨水淋湿融合在一起，变成了黑色，脖子上的项链和手上的镯子也膨胀起来。雨越下越大，乌布身上的衣服和脖子上的项链越勒越紧，勒得她透不过气，最后闷死了。

乌布死后变成了一只全身乌黑，有着沙哑的"啊……啊……"叫声的鸟。黑色的羽毛那是她穿的衣服被雨淋湿融合后变成的黑色，沙哑的声音是被项链勒住脖子艰难叫出的声音。

从此以后，由于是乌布死后变成的鸟，叫声又沙哑，所以人们就把它叫作"乌鸦"。

讲述者：陈家平，男，黎族，60岁，农民

采录者：保亭县文化馆普查队

采录于保亭县保城镇西坡村委会新村

姐弟俩

　　从前，有一对姐弟，他们很小的时候母亲就死了，继母对他们很不好，常常打骂他们。

　　有一天，姐姐把衣服洗得干干净净后把它们晒在晾衣架上，继母将姐姐洗干净的衣服拿去丢在鸡大便和狗大便上，然后就跑去她父亲那里告状，说她辛辛苦苦把衣服洗得干干净净的，姐姐却把衣服扔到地上弄脏了，父亲相信了继母的话。有一天，继母叫弟弟去放牛，弟弟放着牛，继母就偷偷把牛牵去藏了起来，然后又跑到他们的父亲那里告弟弟的状，说弟弟放牛不看牛，睡觉把牛弄丢了。父亲相信了继母的话，非常生气，骂了姐姐和弟弟。继母见他们的父亲只相信她而不相信姐弟俩，心里暗暗高兴，变得更加大胆，处处刁难姐弟俩。姐姐煮饭时继母就加大火力把饭煮焦了，弟弟去砍柴时继母就将他的刀扔掉，还是同样跑到他们的父亲那里告状，说她叫姐姐煮饭姐姐不愿意煮就把饭煮焦了，叫弟弟去砍柴弟弟不愿意去就把刀给扔了。继母对他们的父亲说："这样又懒又不听话的坏孩子，还要他们做什么？把他们扔到山里去，不要白养了他们。"他们的父亲再一次相信了这个坏心肠的继母的话，觉得继母说得有道理。

　　有一天，父亲对姐弟俩说："孩子啊，父亲好久没有和你们到山里去捡螺了，今天我们就上山去捡很多很多螺回来吧。"姐弟俩一听到父亲要和他们一起上山，高兴极了，想着父亲真的好久没有和他们一起出去了，于是高高兴兴地跟父亲上山去了。父亲带着姐弟俩来到一座山，就问姐弟俩："孩子，在这座山你们认得回去的路吗？""这座山我们来放过牛，认得回去的路。"姐弟俩说。父亲听他们说后又继续带着他们走，走啊走啊，又来到了一座山，父亲又问姐弟俩："孩子，在这座山你们还认得回去的路吗？"姐弟俩说："这座山我们来砍过柴，我们认得回去的路。"父亲听到他们说认得回去的路又继续带着他们走，走着走着，又来到了一座山，父亲又问姐弟俩："在这座山你们不认得回去的路了吧？""阿爹，这座山以前你不是带我们来捡过螺吗？你怎么忘了呢？你还说过这座山里的小溪的螺最多啦。"姐弟俩异口同声地说。父亲听了又继续带着他们走，走啊走啊，走过了一座又一座山，走了很远很远，走进了很深很深的山林里，这时父亲又问道："孩子，现在还认得回去的路吗？"姐弟俩望着这茫茫的大森林摇了摇头。父亲看了看这座山，心想把他们姐弟俩扔在这里，他们是不可能再认得回去的路了，就对姐弟俩说他去小便，叫他们在这里等，然后头也不回地偷偷跑回家去了，姐弟俩就这样被狠心的父亲扔在了深山老林里。

姐弟俩一直在那里等父亲回来，他们怎么也想不到父亲会把他们扔在这里。他们等啊等啊，一直等到了天黑，还不见父亲回来，他们急得喊了起来，"阿爹""阿爹"……一遍又一遍，可始终都没有人回答他们。小溪里的一条石头鱼听到了，就说："小孩啊，你们喊什么？你们的父亲早就回家了，他把你们扔在这座山里了。"姐弟俩不相信石头鱼的话继续喊着他们的父亲，石头鱼又说："小孩啊，你们喊什么？你们的父亲早就回家了，他把你们扔在这座山里了。"姐弟俩喊一次，石头鱼说一次；姐弟俩又喊一次，石头鱼又说一次。姐弟俩生气了，抓起石头对准它的头就砸，砸破了它的头，碎石掉进了它的头里，从此以后，人们就把它叫作"石头鱼"。

　　天黑了，被父亲扔在深山里的姐弟俩又冷又饿，他们两个人抱头痛哭。一只老狮子听到哭声，就问道："小孩啊，你们哭什么呀？"姐弟俩说："我们被父亲扔在这座深山里不认得回家的路了，我们又冷又饿。"老狮子听了觉得他们很可怜，就摘来"浓增"①给姐弟俩吃，姐弟俩说吃了"浓增"咽喉会很痒，他们不能吃，他们要吃"杀冲"②的心，"杀冲"的心才好吃。老狮子又去摘"杀冲"的心来给他们吃，姐弟俩吃饱了，就在一块石头上睡着了。醒来已经天亮，弟弟跑去大便，在一块干了的木头上擦屁股，擦得屁股痒痒。弟弟一回来就对姐姐说："姐姐啊，我去大便，在一棵什么树上擦了屁股，那棵树长着很多很多树枝，擦得屁股很痒。"姐姐叫弟弟带她去看。弟弟带着姐姐到那棵树旁边，姐姐一看这哪里是什么大树，是一头老鹿老得走不动了，躺在了那里，弟弟是在鹿角上擦屁股了。姐弟俩想杀了这头鹿，可是没有火。当他们正在为火发愁时，突然看见一只老鹰栖息在树上，就对老鹰说："老鹰啊老鹰，你去找火来，我们就弄一些鹿肉给你吃。"老鹰听完就飞去找火了。不一会儿，老鹰嘴里叼着火飞了过来，却不小心把火掉了下来，掉到了山林里，把山林烧了一大片。姐弟俩看见烧过的土地很肥沃，想种山栏，可是又没有种子。姐姐心想要是有山栏种子该多好啊，这样我们就可以种山栏了，以后也就不用挨饿了。姐

---

①　浓增：黎语中指一种能吃的植物。

②　杀冲：黎语中指一种能吃的植物。

姐想着想着，突然看见一只"咕噜"鸟飞过，它一边飞一边叫道："咕噜，咕噜，兰种子、水稻种子都在我的肚子里……"姐姐听了非常高兴，她马上找来小树枝做起弓箭来，她要把"咕噜"鸟射下来。弓箭做好了，姐姐把"咕噜"鸟射了下来，剖开它的肚子，里面果真有很多谷子。姐姐将谷子种在这一片刚刚烧过的山林里，种子很快就长出了芽，越长越好，长出了一片又粗又壮的稻苗来。过了不久，稻谷成熟了，姐弟俩收了很多谷子，从此有饭吃了。就这样姐弟俩不怕辛苦，辛勤地干活，在这深山老林生活着。一年又一年地过去了，姐弟俩在这深山老林里建起了房子，生活越过越好。那些进山打猎的人们，看见姐弟俩在山里过上了好的生活，又有好房子住又有吃不完的米，还用饭团弹打那些来偷吃他们谷子的鸟和野兽，猎人们都乐意到他们那里休息和吃饭。打猎的人们回去之后都对他们的父亲和继母说他们的孩子现在生活得很好，可是他们的父亲不相信，说他的孩子已经死了，人们就说："你要是不相信就进山去看。"

有一天，稻谷成熟了，弟弟守着稻谷不让鸟和野兽来吃。弟弟看见稻谷那边动了一动，发现有个人就拿起弓箭用饭团弹打，可是不管弟弟怎么弹打都没用，那个人还是在那里一动一动的。弟弟就跑去告诉姐姐："姐姐啊，那里有个人，怎么打他都打不跑？"姐姐说："你去看看，要是鼻子上长着一颗痣的就是叔叔，鼻子上没有长痣的就是父亲，要是叔叔就带他回来。"弟弟跑去看，看见那个人正趴着捡他射去的饭团，走近仔细一看发现这个人的鼻子上长了一颗痣，知道他就是叔叔，就把他带了回来，好酒好菜招待了他。叔叔住了好多天之后就说他要回去了，姐弟俩就包了粽子，装了很多肉干，还有一坛山栏酒让叔叔捎回去给父亲和继母。叔叔临走时姐姐特意交代，要他把这些粽子给继母，并要告诉继母把门关起来在屋子里吃粽子，不要在屋外吃，因为被人看见会拉肚子。

叔叔回到寨里，就把粽子、肉干，还有酒给了姐弟俩的父亲和继母，并把姐姐的话告诉了继母。继母知道后就关起门来一个人在屋子里吃粽子。吃着吃着，她突然摔倒在地不停地打滚，外面的父亲听到屋里的声音就说："这个女人吃到孩子的东西就高兴啦。"父亲哪里知道姐弟俩把蛇包在了粽子里，继母一吃粽子就被蛇咬死了。父亲听屋子里没有了动静，打开门一看，继母已经死在地上了。

恶毒的继母死后，父亲一个人过得很辛苦，就厚着脸皮去找被他扔在深山里的孩子。父亲来到姐弟俩种的那片山栏园，蹲在山栏稻里，弟弟看见稻谷里一动一动的，以为是鸟在吃谷子，就用饭团弹打，可是那边还是一动一动的。弟弟就跑去告诉姐姐："乌啊，但得太督哀狗。"① 姐姐说："门嘿若，拿个冲看占慢芬，敖冲看占慢帕，拿的帕叔门占喂拿伯。"② 弟弟跑去看，看见一个人正在那里趴着捡他射去的饭团吃，仔细一看发现这个人的鼻子上没有痣，知道是父亲就带了回来，好酒好菜的招待他。父亲在姐弟俩家住了很久。有一天，父亲说他要回去了，姐姐就叫弟弟牵来一匹马，让父亲骑着马回去，并告诉父亲："父亲啊，这马走得快，怕你摔下来，我们把你固定在马背上，等回到村门口你就吹一声口哨，让村里人都出来看，看见你骑着马回来，他

---

① 乌啊，但得太督哀狗：黎语直译，姐姐啊，这鸟怎么都打不跑。

② 门嘿若，拿个冲看占慢芬，敖冲看占慢帕，拿的帕叔门占喂拿伯：黎语直译，你去看，要是鼻子上有痣的就是叔叔，没有痣的就是父亲，要是父亲就带他回来。

们会很羡慕的。"父亲觉得姐姐说得对，心想：这下我要让村里的人都羡慕我，他越想越高兴。父亲骑着马刚到村口时就吹了一个非常响的口哨，村里的狗听到了口哨声全都跑了出来。山寨里的狗从来没见过马，以为是鹿，就猛追猛咬着马，马吓得没命地向着森林的方向奔跑。马驮着父亲在山林里跑呀跑呀，马背上的父亲被树枝和草分割得一点肉都不剩。树上和草上都挂了父亲的头发，现在看见树上长着的像头发一样的植物就是当时姐弟俩的父亲留下的。

讲述者：黄月美，女，黎族，62岁，农民
采录者：保亭县文化馆普查队

采录于保亭县

贼仔落树

从前，在七仙岭地区有一个叫劳融的年轻人。劳融从小就爱偷别人的东西，别人的鸡、鸭、甘蔗、芭蕉，只要他想要的他就偷，村里的东西偷完了，就到别的村子去偷，七仙岭一带的人们都非常讨厌他。谁家不见东西了，心里明明知道是他偷的，可是都不敢批评他。谁要是敢批评他，家里的东西能被偷走的就会被偷走，偷不走的或贼人不想要的就会被破坏掉。

有一天晚上，劳融和村里的一些青年人到邻村去"逛隆闺"①，逛到半夜三更肚子饿了，回来经过一户人家的山栏园时，看见山栏园里有一间小茅屋，就进去找东西吃。他们见屋里有米和锅，还有一只母鸡在下蛋，就把母鸡杀了煮来吃。

劳融不但偷人们的鸡鸭狗吃，而且偷来卖。有一天，劳融想着很久没有钱花了，心里痒痒的想偷东西。他心里想着偷什么偷哪一家，想来想去，最后想到村里王老曼家的那条黑狗。人们都爱吃黑狗的肉，黑狗一定能卖到很多钱；再说他每次走过王老曼家时那条狗总是汪汪叫个不停，劳融恨死了那条狗，于是决定晚上去偷黑狗。到了晚上，劳融来到王老曼家，还没靠近那条狗，狗就叫了起来，惹得全村的狗也跟着叫了起来。劳融怕被狗咬，只好离开。劳融回家后，一直睡不着，在床上翻来覆去，想着怎样才能偷到王老曼家的黑狗，想来想去，

---

① 隆闺：是黎族青年女子住的闺房。逛隆闺：是黎族男女谈情说爱的方式。

终于想出了一个办法。第二天晚上，劳融把吃剩下的肉，钩在鱼钩上，就去王老曼家钓那条黑狗。黑狗闻到了人的味道，就叫了起来。劳融不敢靠近，远远地就把鱼钩上的肉扔过去，狗见到肉就停止吠叫，咬住肉一口吞了。鱼钩一下子钩住了狗的喉咙，肉也卡在狗的喉咙里，狗叫不出声了，只能发出"咿咿……咿咿……"微弱的声音。狗难受地在地上滚来滚去，这时劳融拿着麻袋冲上去套住了狗，背着去卖了。

又有一天，他经过一个村寨，见村旁有一棵芭蕉树上的芭蕉熟了。他就爬上芭蕉树想摘芭蕉吃，芭蕉树直直的，不长旁枝，而且芭蕉树的树皮又很光滑，劳融爬到一半就滑落下来，他再爬上去，爬到一半又滑落下来。最后好不容易爬了上去，准备摘芭蕉的时候，一只狗突然冲出，冲着树上的劳融猛叫。劳融心里一慌，一下子从芭蕉树上滑落下来，重重地摔在地上，把右手给摔断了。

手摔断了，他天天痛得直喊。人们知道劳融偷芭蕉摔断了手，都高兴地说："好啊，摔得好，摔得好，摔断了手，以后手就不能偷别人的东西了。"过了很久，劳融的手终于好了，但是也残废了。从此以后，劳融再也不敢偷东西了。

讲述者：卓国照，男，黎族，73岁，教师

采录者：保亭县文化馆普查队

采录于保亭县什玲镇大田村委会丁誓村

放火烧身

以前，有一个烂仔①叫劳昌。劳昌从小不听父母管教，不是偷别人的东西，就是与别人打架。有一次，劳昌偷摘人家的菠萝蜜，人家告诉了他的父亲，他的父亲把他吊起来打，他非常恼火。第二天，全村的人都出去干活时，劳昌就点火把自己的房子给烧了。那时候，全村都是茅草房，而且是一间挨着一间。茅草一遇到火就"呜呜"地烧了起来，很快一间又一间地被烧了，黑乎乎的浓烟飘上天空，很远都能看见，在外面干活的人们纷纷赶回村里救火。全村的人有的用水桶，有的用脸盆，挑水的挑水，提水的提水，端水的端水，水井里的水都打干了，邻村的人也来帮忙救火才把大火灭了，但是大火把几间房子都给烧毁了。

劳昌长大后，父母去世了，兄弟姐妹嫁人的嫁人，成家的成家，没人有功夫管他。他还是到处偷别人的东西，到处打架，而且胆子越来越大，竟干起打劫的事来。

有一天，劳昌到县城玩，玩够了就找一辆拉客的摩托车回家。那时候，很少人有钱买摩托车，也很少人拉客，只有农场的个别的人买摩托车，干完活拉拉客赚点钱。劳昌坐着农场职工的摩托车回家，从来不给钱，谁要是向他要钱，他就打谁，所以，没有人拉他后敢问他要钱。劳昌坐着摩托车到村口下车，不但不给钱，反而跟开摩托车的人要钱。

---

① 烂仔：流氓。

开摩托车的人说:"运气不好,拉了一天的客也没挣到钱。"劳昌不相信,以为开摩托车的人有钱不给他,一下子瞪大眼睛,左手抓住了开摩托车人的衣领,挥起拳头就要打。开摩托车的人急忙说:"不信,你就搜我的身,看看我身上有没有钱。"劳昌便搜身,果真没搜到钱。劳昌又说:"没有钱,你就把摩托车留下。"开摩托车的人听到劳昌叫他留下摩托车,心想这摩托车可是他多年来省吃俭用买的,他实在不舍得,就对劳昌说:"这摩托车是我刚买不久的,以后还想用它拉客赚点钱,给了你,以后我还用什么来拉客?你要是想要钱就跟我去我家拿吧。"劳昌只想要钱,就坐上摩托车拿钱去了。到了开摩托车的人的家,开摩托车的人叫劳昌在外面等,他进去拿钱。劳昌高兴地在外面等着以为可以拿到钱,没想到冲出了几个年轻人围着他就打,劳昌见他们人多打不过就赶紧跑了。

劳昌跑回家后,越想越气。晚上,劳昌气冲冲地跑到开摩托车的人住的地方,等到夜深人们都睡了,就放火烧了开摩托车的人的房子。开摩托车的人全家在睡梦中被大火惊醒,慌慌张张地从房子里跑出来,虽然没有人伤亡,但是房子被烧光了。

劳昌长期又偷又抢,闹得人们不安宁,这次又放火烧了农场职工的房子。农场领导向地方县政府有关部门反映这情况,公安机关立刻拘留了劳昌,法院以长期抢劫、敲诈、纵火罪,判劳昌无期徒刑。劳昌坐牢,人们都高兴坏了,都说他放火烧了自己的身。

讲述者: 陈玉勤,女,黎族,55岁,农民
采录者: 保亭县文化馆普查队

采录于保亭县国营南茂农场一区加茂队

击退"二嫂"^①反动武装

1947年，琼崖特委决定开辟白保乐边区，即白沙、保亭、乐东三县，巩固以五指山为中心的革命根据地，特派琼崖纵队前进支队南下攻克保亭县城，部队从白沙出发要经过通什和南圣地区才能进入保亭。国民党武装盘踞在通什和南圣地区。"二嫂"是陵水人，她自小聪明，有心计，又读过书见过世面。王昭夷在陵水当农民自卫军副总指挥时与"二嫂"认识。"二嫂"对王昭夷产生好感，不久，她便嫁给了王昭夷。

她嫁给了王昭夷后，随王昭夷回到保亭什聘村住。虽然王昭夷家里有一个大老婆，但是大老婆不识字，所以，王昭夷就把家里和大家族里的一切事务都交给"二嫂"掌管。族里的大事小情也要问她，保亭县国民党特务大队长王昭信都不能自己做主决定，"二嫂"掌握了家族里的大权。王昭夷大家族的收入和支出都要经过她，王昭夷本人用钱也要由她安排。抗日战争时期，日本侵占保亭后，王昭夷带着全家和他的武装力量退到南圣地区。南圣地区山高林密，地形险要，日本侵略者多次叫汉奸带路进入南圣抓王昭夷，都没能找到王昭夷和他的家人。后来，王昭夷被日本侵略者骗去杀害后，"二嫂"继续占据南圣地区，包括现在的通什镇、畅好乡、毛岸村、毛感乡、大本村等大片

---

① "二嫂"：指王昭夷的第二个老婆。

地区。

　　琼崖纵队前进支队还没到通什一带时，"二嫂"他们早已退回南圣。琼崖纵队前进支队向南圣进军，在距离志玛①不远的地方，突然遭到"二嫂"的武装袭击。"二嫂"带领家族武装在去志玛的路上、山上和树林里向琼崖纵队前进支队射击，想堵住琼崖纵队前进支队进入南圣。支队领导观察周围的地形后，一面指挥部队躲入树林，以免造成伤亡；一面指挥一部分部队集中火力向山上射击，一部分部队从后面包围山上的"二嫂"的武装，另一部分去攻打"二嫂"的指挥部。经过一个多小时的激烈战斗，"二嫂"的武装力量被琼崖纵队前进支队打败，"二嫂"仓皇撤出南圣地区，她知道在保亭县待不下去了，就逃到陵水县去了。

讲述者：郑忠义，男，黎族，73岁，农民

采录者：保亭县文化馆普查队

采录于保亭县

---

　①　志玛：现在的南圣镇。

数米粒过日子

从前，有一户人家，生下了两男一女三个孩子。他们很疼爱自己的孩子，很少让他们干活。

改革开放后，分田到户，家家户户各干各的，早出工晚出工由自己说了算。到了插秧季节，全村的人每天早早出去干活，很晚才回家。家家忙着犁田，赶着季节插秧苗，生怕耽误了播种。插完秧苗他们又个个忙着给自家稻田里的秧苗施肥、灌溉、打药。除此之外，他们还在田头田尾种玉米、槟榔和地瓜，照料坡地上的芒果、荔枝、龙眼、橡胶。到了收割稻谷时，村里家家都丰收，不仅收到很多稻谷，还有玉米和地瓜等杂粮。

但这户人家习惯了偷懒。到了插秧季节，父亲懒得犁田，孩子懒得什么活都不干。人家都插完秧了，秧苗都高过田埂了，他家的稻田还荒着。母亲没办法，只好一个人拿着锄头到田里，用锄头一锄头一锄头地挖稻田，挖完再用双脚踩，踩呀踩呀，一直把土块踩成泥巴后才种下秧苗。可是当她好不容易挖好一块地种下秧苗时，播种的好季节已经过去了。秧苗长不好，稀稀拉拉的，结的稻谷一棵没几粒。再说，她插秧插慢了，到了收割的季节，别人都收割完了，她的稻谷还没有成熟。这时候，雨季已经到来。眼看着这一点稻谷就要被雨水打倒在田里了，她只好冒着雨，去稻田里把少得可怜的谷穗一棵一棵地用手捻回来。没有太阳，捻回来的谷穗没法晒，但他们家又等米下锅，她就用手搓谷子，然后烧起火把谷子放进锅里炒，再用臼脱粒，用簸箕扬去谷壳后，再一粒一粒地给稻谷去壳，最后才把去了谷壳的米，一粒一粒地放进锅里煮。每天饭煮熟了，那些孩子就个个回来拿着碗吃饭，吃完饭又出去玩了。就这样，这户人专门靠母亲把谷子一粒一粒地从田里捻回来，又一粒一粒地去壳，一粒一粒地数着放进锅里煮过日子，一年又一年。

村里家家户户收割完稻谷，还可以割橡胶，卖槟榔、荔枝、龙眼、芒果，生活都富裕起来。这户人家什么都没有，唯一的一间茅草屋都快塌了他们也懒得修，一直过着吃不饱，住着破旧茅屋的日子。

讲述者：陈母德，女，黎族，79岁，农民
采录者：保亭县文化馆普查队
采录于保亭县国营南茂农场一区加茂队

子弹跟脚跑

日军入侵海南时从崖县榆林港登陆，登陆后他们在藤桥、田独、田仔、林旺等地的村庄抢东西，抓人去三亚挖矿。要是有人反抗就杀，还把他们的房子烧光，逼他们去干苦工。要是哪个村子有共产党人，他们就会把那个村子的人全部杀害。

有一天，共产党游击队路过陵水隆广的一个村子，在村里歇了一会。这被村里的一个汉奸知道了，他就跑去告诉日本兵。日本兵连夜赶去那个村子，到达时已经是半夜，共产党游击队早就走了。村里的人白天干活累了都睡得死死的，连日本兵来了都不知道。日本兵一进村，就放火烧房子。睡在房子里的人被大火烧醒，慌忙逃出来。日本兵见人就开枪打，一下子村尾枪声大作。村头的人被枪声惊醒，大声喊着"日本兵来了……日本兵来了……"，个个急忙把家里还在睡的大人叫醒，抱上熟睡的孩子，争相逃命，向村外的树林里跑去。有些来不及跑的和跑不动的老人就被日本兵用刺刀刺死，被日军军官用指挥刀一刀劈死。几个月大的孩子和几岁大的孩子被抓到就会被扔进大火里活活烧死。他们还用枪射击跑的人，子弹像下雨一样向人们射去。人们拼命地跑，子弹"啾啾……啾啾……"地追着人们，落在人们的后脚跟。

逃出来活着的人后来说起这件事时，都说子弹跟着脚跑。

讲述者：林石梅，男，黎族，81岁，农民
采录者：保亭县文化馆普查队
采录于保亭县响水镇响水村委会什掘一队

/机智人物故事/

巧逗猴子摘椰子

很久以前，七仙岭上有很多猴子，猴子经常跑下山来玩耍。

有一天，有个叫帕劳的农人去犁地。他生怕误了播种的好时节，赶着牛不停地犁，平时爱抽的烟他也不抽了。六月，海南的太阳像火一样，晒得帕劳大汗淋漓，全身的衣服都湿透了。

田边有一棵椰子树，椰子树上有很多椰子。又渴又累的帕劳真的很想喝椰子水，可是椰子树实在是太高了，他只能望着半空中的椰子流口水。平时帕劳犁田都会中途停下来抽口烟，牛趁帕劳抽烟，也吃点草，喝点水。今日，帕劳赶着把田犁完，烟也不抽了，一直犁到中午都不休息一会儿。太阳在头顶上，一片云也没有，牛又热又渴，大鼻子里冒着烟，张着一张大嘴巴直喘气。牛拉着犁越走越慢，最后不肯走了。帕劳用鞭子猛抽牛的后腿，牛还是不肯走。帕劳没办法，只好卸下犁，让牛休息。帕劳把牛牵到田埂边让牛吃草，自己便走到椰子树下坐着乘凉，他抬头盯着高高挂在椰树上的椰子，心想：要是能有椰子水喝，该多好啊！这椰子树怎么长得这么高呀？就在帕劳正想椰子水的时候，一只猴子突然窜了出来，把帕劳头上的破草帽抢走，戴在自己的头上。帕劳急忙站起来去追猴子，猴子一下子窜上了椰子树，看椰树下的帕劳捉不住它，得意地在树上叫个不停，帕劳又气又好笑。他看看猴子，心里暗暗高兴，从地上捡起一个坏掉的椰子朝椰子树上的猴子扔去。椰树太高，他扔不到猴子身上，猴子更得意了，它在椰子树上从这片椰叶蹦到那片椰叶。猴子见帕劳向它扔东西，它也找东西向帕劳身上扔，可是找不到别的东西，就摘椰子来扔。帕劳见猴子摘椰子扔他，高兴极了。他又捡起一个坏了的椰子向树上的猴子扔去，猴子也摘一个椰子扔向帕劳。帕劳向猴子扔一次，猴子就摘一个椰子扔下来。不一会儿，猴子扔下了好几个椰子，帕劳高兴地拿来砍刀，砍开椰子美美地喝上了椰子水。

讲述者：陈家平，男，黎族，60岁，农民
采录者：保亭县文化馆普查队
采录于保亭县保城镇西坡村委会新村

打水作酒

从前，有一个人非常爱喝酒，出去干活都要带酒。干活回来，一进门就找酒喝，没有酒喝就睡不着。

有一天，他干活回到家已经是晚上九点，他的孩子已经睡了，他硬把孩子拉起来，叫孩子去给他打酒。他的孩子见晚上没有月亮，天非常黑，害怕不敢去。他见孩子不肯去，就对孩子说："你们要是去给我打酒回来，我就把家里的老母鸡杀了，给你们吃鸡肉。"在那个年代，人连饭都吃不饱，逢年过节也不一定有肉吃。他的小儿子很想吃鸡肉，但又不敢一个人去，就叫姐姐跟他一起去打酒，姐姐心疼弟弟，就答应和他一起去打酒。

姐弟俩打着火把，拿着一个酒壶出门，到村委会商店打酒。天很黑，猫头鹰在橡胶树上不停地"咕咕"叫，两个人非常害怕。他们家到村委会有好几公里的路，姐弟俩一边走一边跑，到村委会时已经是深夜，商店早已经关门。姐弟俩没有打到酒，怕回去不仅没有鸡肉吃，还要被父亲打。弟弟心里非常难过，在回去的路上一边走一边流泪，姐姐见弟弟伤心，一直安慰弟弟。当他们路过一条河时，姐姐心里想：怎么不打河水作酒呢？这样弟弟就有鸡肉吃了，我们也不会被父亲打了。她对弟弟说："我们把河水装进酒壶里，回去给阿爹喝。"弟弟听后害怕地说："阿爹知道了会打我们的。"姐姐又说："我们谁都不说，阿爹是不会知道的。"弟弟觉得姐姐说得有道理就同意了，他们打了满满一壶的河水拿回家。

他们回到家时鸡已经打鸣，父亲已经煮好鸡肉等着他们。他们父亲等酒等到口水直流，在姐弟俩提着酒壶刚进门时就马上跑过去抢过酒壶，打开壶盖张开嘴就往嘴里倒。这个酒鬼"咕嘟，咕嘟，咕嘟"连喝了三口后才知道是水，就大声骂起来，吓得姐弟俩飞一样地跑了。

讲述者: 高文理，男，黎族，80岁，农民
采录者: 保亭县文化馆普查队
采录于保亭县响水镇响水村委会什掘一队

骗地主上树

从前，有一个年轻人叫劳精。他非常聪明，做起事来有头有尾。当地有一个地主，这个地主不仅黑心，还很妒忌别人。地主听别人说劳精很聪明，很不服气，见了谁都说："一个穷人，懂什么？我不相信他比我聪明，比我厉害。"地主天天想跟劳精比高低。

有一天，地主去收租，在路上遇见劳精在放牛，地主把头抬得高高的，看都不看劳精说："哼，劳精，人人都说你聪明，我就不相信你比我聪明。今天，要是你能让我上你的当，你就三年不用交地租；要是不能让我上当，你就交十倍的地租。"劳精看见这个平时仗着自己有田有地就欺负老百姓的地主，气得直咬牙。他心里想：今天正好是惩治这个地主的好机会。就对地主说："我是很聪明，但我不想让你上当，怕你没有了三年的地租。"地主听了更气，大声叫道："哎呀，爱讲假话的男人，你要是能让我上当，不用说是你不用交三年的地租，就是你们全村三年不交地租都行。"劳精听地主说全村三年不用交地租，心里暗暗高兴，他想了想，装作很认真的样子说："不是我不想骗你上当，我是怕我阿爹知道我骗人就会打我。""哈哈，在这山上，你阿爹怎么会知道，是你怕骗不了我上当才这样说的吧。"地主听了以为劳精害怕了就大笑着说。"唉，你是不知道啦，我阿爹怕我干活偷懒，每天都来看我干活。你看，他已经来了。"劳精摇了摇头，叹了口气。地主踮起双脚看了看说："在哪里？我怎么没看见？"劳精看了看身边的一棵木棉树，笑嘻嘻地说："我阿爹正往这里走来，你不信就上树看啰。"地主看了看长满尖刺的木棉树，犹豫了起来，但是又非常想知道劳精是不是在骗他，就急忙找来一根很大的木棍，把木棍靠在木棉树上，慢慢地爬上了木棉树。地主站在树上看了很久，一个人影也看不见，却听到劳精在树下发出的"哈哈哈哈"的笑声。

地主知道上了劳精的当，急忙爬下树。就在地主下到一半时，劳精突然拿走了木棍，吓得地主不管三七二十一地抱住了木棉树。抱住木棉树的地主滑了下来，疼得他一直嗷嗷叫。从胸口到肚子都被木棉刺刮出一条一条的血痕，地主不得不认输，免了劳精全村人三年的地租。

讲述者：黄峰清，男，黎族，52岁，农民
采录者：保亭县文化馆普查队
采录于保亭县响水镇响水村委会什掘一队

恶霸掉田埂

从前，七仙岭下有个村寨。村寨里有个恶霸，又狠心又贪心。恶霸仗着自己人高马大，在村里到处欺负人。他在村寨里见人家的鸡、猪经过他家门口就打死吃肉，见人家种的树长得好就砍，见人家的地好就占。谁要是阻止他，他就打谁。村里人人愤恨他，但都不敢说。

村寨里有一个孤儿叫那石，他从小跟着叔叔一起生活。他叔叔的稻田和恶霸的稻田挨在一起，只隔着一条田埂。那石的叔叔经常给稻田施肥，所以地肥，稻谷长得好，收成也很好，恶霸一直想霸占。每年到了种田季节，恶霸犁田修田埂时就把田埂挖掉，想把那石叔叔的稻田占为己有。那石的叔叔心里知道恶霸想占他的稻田，但不敢说，只好在自己的稻田里重新垒起一条田埂，把恶霸的田和自己的田再分开，年年都这样。久而久之，恶霸的田越来越大，那石叔叔的田越来越小。那石看在眼里，气在心里，他暗暗下决心要惩治这个恶霸。

到了收割的季节，有一天，那石在田里割稻谷，恶霸吹着口哨从田埂上走过。这个恶霸很高兴，他想：又要到种田的时候啦，这条田埂我很快就会挖掉，这样我的田地又会变多了。那石看到恶霸很神气，又看看田埂，心想：到种田时，这条田埂又会被这个恶霸给挖掉，越想越气。那石一直想找机会惩治这个恶霸，可是总找不到机会，一气之下，等到中午人们都收工回家吃饭，四周没人时就在田埂上拉了一堆屎。到了下午，恶霸又来到稻田里，左看看，右看看，在他的稻田和那石叔叔稻田间的田埂上走来走去。一边走，一边吹着口哨。走着走着，一脚踩在那石拉的那堆屎上，脚一滑，从田埂上摔下，一头扎进田里，把脖子给摔断了。

恶霸摔断了脖子，村寨里所有人都非常高兴。再说，这个恶霸把脖子摔断后，找人给他摘草药治疗，可是没有一个人愿意帮他。他家里的人没办法，只好找那些一般的草药来给他治疗。后来，恶霸的脖子虽然好了，但落下了后遗症，一直歪着，再也直不了了。

讲述者： 陈文章，男，黎族，75岁，农民
采录者： 保亭县文化馆普查队
采录于保亭县保城镇西坡村委会大坡一村

聪明的女婿

从前，七仙岭脚下的四弓乡有一户财主，有四百四十亩地，四百四十头牛，非常有钱，但非常吝啬。

这个财主只有一个女儿，生得漂亮又善良，财主夫妇非常疼爱女儿，从来都不让他们的宝贝女儿干活，只让她做一些针线活。

财主女儿已经到了该谈婚论嫁的时候了，天天有人上门提亲，一个接着一个，财主家的门槛都快被踩坏了。上门提亲的人个个条件都很好，有的不但有钱而且长得英俊；有的又有钱又识字，可是他女儿都看不上。很多人是高兴地来，但都失望地归去。财主的女儿对有钱有势的人不喜欢，不愿意嫁，偏偏嫁给邻村一个没田没地的穷小子。

穷小子从小没父亲，母亲长年生病，没有田地，没有房子，住着一间破茅房，一到雨季就漏水。财主非常生气，看不起穷女婿。

有一年干旱，穷女婿种的那一片山栏稻没有收成，他们天天挖山薯和野菜充饥，过得很艰难。

有一天，财主女儿对丈夫说："我父母那里一定还有剩余的粮，你去借些粮回来，度过眼前这荒年，等来年再还吧！"财主女婿听妻子叫他去岳父家借粮，很为难，他知道岳父嫌他穷，看不起他，当初无论如何都不肯把女儿嫁给他。财主女婿心里想：去跟岳父借粮不仅会借不到，还会被骂一顿，可眼前也只有这个办法了。财主女婿没办法，只好向岳父借粮去了。

　　财主女婿来到财主家，正好是中午吃饭的时候，财主一家正在吃饭，饭桌上有鱼有肉。好久连饭都吃不饱的财主女婿见到满满一桌好吃的菜很想吃，肚子饿得咕咕直叫，但财主叫都不叫他一声。财主女婿讲完客套话后，就说明了自己的来意。财主从心底就不同意这门亲事，也不承认他这个女婿，理都不理他，更不用说借粮给他了。财主女婿为了让财主借粮给他，好话都说尽了，可财主就是不肯借粮给他，还狠狠地骂了他一顿，他只得气呼呼地回家去了。

　　财主女婿借不到粮，回到家后没米下锅，全家又只能吃野菜填肚子了。财主女婿见全家吃野菜，就想起岳父家那满桌的鱼肉，想着他们天天吃鱼吃肉，却不肯借一点粮给他，他越想越气。

　　有一天晚上，财主女婿悄悄地去财主家，偷偷地把财主的猪杀了，把猪肉煮熟，天亮后就去对财主说他打到了山猪，叫财主到他家喝酒吃山猪肉。财主听到有山猪肉吃，高兴地去了女婿家。这个财主又吝啬又贪心，吃自己的很心疼，但吃别人的、拿别人的觉得是越多越好。财主来到女婿家大吃大喝，吃到松裤腰绳，实在吃不下了才说他要回去了。临走时，这个财主又拿走了很多猪肉。

　　在财主回到家后，家里的人到喂猪的时间去喂猪时，发现猪不见了，就告诉了财主。财主想起在女婿家吃的猪肉，就跑到女婿家问女婿是不是他偷的。财主女婿也承认猪是他偷的，财主气极了，叫女婿赔一头猪给他。女婿笑着对财主说："阿爸，猪肉你吃得最多，拿得也最多，我要赔，最多赔半头猪给你。等我家那只猪仔长大了，我杀了它后还给你一半。"财主没办法，只好回去了。

又有一天，财主女婿的破茅屋，已经破得不能住人了。财主女儿没办法，又叫丈夫去跟她父亲借钱盖房子，财主也不给。女婿回到家里想来想去，就向妻子要了家里仅有的一点钱去买肉买酒回来。他用他家破旧的锅，把肉煮熟后，就对他的大孩子说："孩子，去叫你外公来喝酒。"又叫另一个孩子到村口看，看见财主来的话马上跑回来告诉他。财主见穷女婿让孩子来叫他去喝酒，心里想：这个穷女婿，没饭吃，还没房子住，怎么有钱买酒请我喝？是不是想借我的钱？财主想看女婿到底要做什么，就去了女婿家。

财主还没到村口，站在村口的孩子就马上跑回来，边跑边喊："阿爸啊，外公来了，外公来了。"财主女婿听他的孩子说外公来了，急忙把煮熟的肉铺在锅底，然后放一些没熟的肉在上面。岳父到了，女婿叫岳父等一会儿，菜马上就熟。

财主坐着等，看女婿拿什么招待他。只见女婿把肉放进一个破旧的锅里，然后叫孩子拿来一把茅草，用火柴点着茅草，拿着着火的茅草在锅底甩来甩去甩了三下，又在锅口上甩来甩去甩了三下，就说："好了，菜熟了。"说着就把下面的菜送到财主面前。财主见女婿煮的菜熟得很快，非常奇怪，就问："你这是什么锅？菜熟得这么快？""呵，你知道我这是什么锅？我这个锅是世上最好的锅。煮的菜很快就熟，又很香，菜凉得也快。"贪心的财主见到好东西就想得到，就对女婿说："女婿啊，把你的这个锅卖给我，好吗？"财主女婿第一次听到财主叫他女婿，心里暗暗高兴，故意说："阿爸，你那么多钱，什么锅买不到，要我的烂锅？"财主又说："我的好女婿，我什么锅都有，就是没有你这样的锅，多少钱我都买。"女婿听财主说多少钱都买，就说："阿爸，既然你想要这个锅，你给十个光银，锅就给你了。"财主听女婿说要十个光银，就像割他身上的肉一样，他很想要女婿的锅，但又不想花钱。女婿知道财主不舍得花钱，就说："阿爸啊，看在你是我岳父的份上，我才要十个光银咧，要是别人就不止啦。"财主听女婿说要卖给别人，赶紧用十个光银买了女婿的锅。

　　财主买了女婿的锅回去，刚好是收割的时候，财主几百亩田的稻谷熟了，他请了很多工仔①割稻谷。割稻谷的时候，财主带上从女婿那里买来的锅去煮饭。快到中午吃饭时，财主的老婆准备煮饭给割稻谷的工仔们吃，财主叫他老婆不要急，等到中午再煮。他老婆说中午煮来不及，小锅要煮很多锅才够吃。煮熟了，烫的饭也吃不了。财主就说不怕，这个锅煮饭熟得快凉得也快，还教老婆怎样煮。财主的老婆听财主这样一说，到中午才开始煮饭，但很久都不见饭熟。财主见老婆很久都没把饭煮熟，就骂老婆不懂得煮。他边骂她边拿起烧着的稻草在锅底甩三下，又在锅口甩三下，但是饭不仅没煮熟，而且连热都没热。财主又继续甩，手上的毛都被火烧光了，饭还是没熟。财主气极了，拿起锅狠狠地摔在地上，锅被摔破了，米也撒了一地。

讲述者：高文理，男，黎族，80岁，农民

采录者：保亭县文化馆普查队

采录于保亭县响水镇响水村委会什掘一队

---

① 工仔：黎语中指雇工仔。

/动物故事/

猫狗寻宝的故事

从前，有一户人家养了一只猫和一条狗。这户人家有一个装米的宝斗，永远都有装不完的米。狗和猫专门负责守着宝斗，不让人偷。白天由猫负责看守，晚上由狗负责看守。猫和狗白天晚上轮流看守，尽心尽责，过了很久，宝斗依然被保管得好好的。

有一天，宝斗突然不见了。这户人家责怪起狗和猫来，他们对狗说："我们把你从小养大，什么活都不要你干，专门叫你看守宝斗，你都看不好，让人把宝贝偷走了。"他们又对猫说："你也一样，我们知道你喜欢吃鱼，天天抓鱼给你，要你把宝斗看好，你却让人把宝斗偷走了。"猫和狗把主人的宝斗看丢了，心里很难过，它们商量好一定要把主人的宝斗找回来。

一天，天刚亮，狗和猫就起程去找宝斗。狗的鼻子很灵，它闻着宝斗的味道一直找。它们走了七天七夜，来到一条河，河很宽，看不到边。猫看着这么宽的河，为难地说："狗呀，这么宽的河，我们怎么过去呢？"狗说："猫呀，别难过，你趴在我的背上，我驮着你过河吧。"就这样，狗驮着猫过了河。狗闻着宝斗的味道，一直找到了偷宝斗的人的家，发现宝斗就放在小偷床底下的一个木箱里。"怎样才能把宝斗拿出来呢？"狗为难地说。这时候猫显得十分有把握，它得意地说："别难过，我有办法。"狗听猫说有办法，高兴地说："什么办法，快说说。"猫说："等到深夜，我抓一只老鼠，叫老鼠去把宝斗偷出来。"到了深夜，一只老鼠出来找东西吃，被猫抓住。猫对老鼠说："你若想活命，就去这家人的床底下，把放在木箱里的宝斗给我偷出来，不然的话，我就一口把你吃掉。"老鼠为了活命就答应了猫，把宝斗偷了出来。

狗和猫拿到了宝斗后，连夜往回赶。它们又走了七天七夜，回到了原来经过的那条河。狗还是让猫趴在它的背上，用嘴叼着宝斗游过河。当狗游到河的中间时，天突然下起雨、刮起风来，狗冒着风雨拼命游，眼看快到岸了，不料天上打雷，一阵雷声吓得猫"喵喵……"直叫。狗急的想叫猫不要怕，却忘了嘴里还叼着宝斗，一张嘴，宝斗就掉进河里了。

狗和猫游过了河，可是宝斗却掉进河里了。狗和猫不知怎样才能在河水里找到宝斗，它们坐在河边发愁。这时，一条大鱼和一条小鱼游到了河边，猫很爱吃鱼，一看见鱼就高兴地叫起来。狗也高兴地叫起来，说："有办法了，有办法找回宝斗了。"猫奇怪地说："你有什么办法找到宝斗呢？"狗说："把那条小鱼抓来，让大鱼帮我们找呀。"狗说着就跑过去抓住了小鱼。狗抓住小鱼后，就对大鱼说："你快到河里帮我们找宝斗，不然的话，我们就把你的孩子吃了。"大鱼没办法，只好游到河底寻找宝斗，找着找着，终于在一块大石头洞里找到了宝斗。

大鱼把宝斗交给了狗和猫，狗放了小鱼，叼着宝斗带着猫，高高兴兴地回家去了。

讲述者：高文理，男，黎族，80岁，农民

采录者：保亭县文化馆普查队

采录于保亭县响水镇响水村委会什掘一队

猫和老鼠

很久以前，猫和老鼠原来是好朋友，它们同住在一个山林里。猫有一双大眼睛，远远就能看见食物，能找到很多好吃的东西。猫还有一双很锋利的爪子，能抓到很多猎物。老鼠又瘦又小，胆子也小，抓不到吃的，就总是吃猫的食物。

有一天，猫和老鼠出去觅食，经过一个村寨，看见那里有很多肉和好吃的东西，老鼠就叫猫到那边找吃的。老鼠对猫说："猫呀，我们好久没吃上好东西了，我们到人那里找好吃的吧。"猫很早就听说过，人很厉害，所有的动物都害怕人，就对老鼠说："人太厉害啦，我们会被抓住的。"老鼠又说："我们可以挖洞偷偷钻进人住的地方，吃里面的肉和好吃的东西呀。"老鼠说着说着就流下了口水。猫被老鼠说动了，开始用爪子刨土挖洞，老鼠跟在猫的后面，等猫刨出土，老鼠才用它的脚扒拉一两下土。猫在前面挖呀挖，好不容易挖通了，闻到了人住的房子里飘来一阵阵的香气。这时跟在猫后面的老鼠对猫说："猫啊，我个子小，不容易被人发现，我先出去看看有没有人，没人我再喊你出去。"猫觉得老鼠说得有道理，就让老鼠先出去了。老鼠从猫挖的洞爬到了人住的屋里，看见好多好吃的东西，高兴极了。这时，洞里的猫问老鼠："老鼠呀，外面有人吗？"老鼠从来没见过这么多好吃的东西，正高兴时，突然听到洞里传来猫的声音。老鼠怕猫出来跟它争吃的，就骗猫说："屋里的人还没睡着，等人都睡熟了，你再出来吧。"猫在洞里等了很久也没听到老鼠叫，它又问老鼠："老鼠呀，人都睡了吗？"老鼠又说："猫呀，人还没睡熟哪。"猫在洞里等呀等呀，眼看天就快亮了，还是不见老鼠叫它出去吃东西，它再也不能等了，就从洞里爬了出。猫爬了出去，没看见有人，只看见老鼠在那儿大吃大喝，好吃的东西都让老鼠吃光了。猫知道上了老鼠的当，非常气愤，冲上去想抓住老鼠，可是老鼠小，又机灵，大叫一声就溜进洞里，从洞里逃走了。老鼠又大叫一声，惊醒了人，猫来不及逃跑就被人抓住了。

从此，猫和老鼠结下了仇恨。猫一见老鼠就穷追不舍，抓到老鼠就把它咬死，成了一对冤家。

讲述者：郑忠义，男，黎族，73岁，农民
采录者：保亭县文化馆普查队

采录于保亭县

老鼠请猫喝喜酒

从前，有一对老鼠夫妻，它们有一个女儿要出嫁了。它们准备在女儿出嫁的那天邀请很多老鼠来喝喜酒。

结婚的日子快到了，母老鼠担心结婚那天猫会来捣乱，亲戚和朋友都不敢来喝喜酒。公老鼠见过很多世面，主意多。它轻轻地摸了摸胡子说："这个好办，给猫发请帖，请它来喝喜酒，婚礼那天一定会没事的。""把猫请来喝喜酒，那还能举行婚礼吗？"母老鼠吓了一跳地问公老鼠。"这你就不懂了，按照我说的做，就一定会没事的。"公老鼠说。于是，母老鼠按照公老鼠说的给猫送去了请帖。

猫拿着母老鼠送来的请帖，心里非常高兴。猫想：我正发愁不知道上哪里找老鼠哪，这下全部的老鼠都集中在一起，不用我辛苦地去找了。猫越想越高兴。

老鼠结婚这天，猫早早地来了。老鼠把猫请到贵宾席上就坐，用好酒好菜款待它。猫从来没见过这么多的老鼠，不知先抓哪个好，心想等这些老鼠个个都喝醉了，再把它们全部抓起来。公老鼠早就知道猫在想些什么，它不但给猫好酒好菜，而且叫其他老鼠一个接一个地给猫敬酒。猫被老鼠灌醉，当场趴在桌上呼呼大睡起来。

老鼠们再也不用担心了，它们高兴得又唱又跳，一直到了深夜，才一个个散去。这对老鼠夫妇送走了它们的那些亲戚朋友，看着呼呼大睡的猫，心想：要是猫醒来了，它们全家可就遭殃了。于是，这家老鼠连夜收拾东西逃走了。

第二天天亮，猫醒了过来，可是它在屋里一只老鼠都没见着，气得"喵喵……"直叫。

讲述者：胡春芳，女，黎族，59岁，农民

采录者：保亭县文化馆普查队

采录于保亭县国营南茂农场一区加茂队

老实的乌龟

一只乌龟在河里生活，觉得很无聊，总想找点事情来做。它想来想去，想到它最擅长的活。它决定利用自己对水性的熟识做起载动物们过河的生意，这样既能赚点钱，又能找到乐趣。于是，乌龟每天都在河边等着动物过河。

一天，一只狐狸偷吃了人家的鸡，被人发现。人追赶着狐狸，狐狸慌慌张张地跑，跑到了河边，被河水挡住了去路。眼看人就要追上来，狐狸急得团团转，嘴里不停地说："完了，完了，过不了河，我死定了。"乌龟听到狐狸要过河，就从河水里冒出来。狐狸没等乌龟靠岸就跳到乌龟的背上，并催促着乌龟说："快快游，快快游，我给双倍价钱。"乌龟不理会狐狸的催促，还是不慌不忙地游着。

人追到河边时，狐狸已经坐在乌龟的背上离开了岸，人气得直跺脚。乌龟背着狐狸快靠岸时，狐狸感谢乌龟救了它，说话算话，拿出了两个铜钱给了乌龟。狐狸刚准备上岸时，没想到乌龟却转头往回游。狐狸急忙说："怎么又游回去啊？"乌龟说："我游一次只收一个铜钱，你给我两个铜钱，我不能白要你一个铜钱，我再载你一次。"狐狸眼看就要落入人的手中了，心里暗暗叫苦。

追赶狐狸的人，在看到乌龟背着狐狸过河准备离开河边时，又看见乌龟背着狐狸游了回来。他高兴地哈哈大笑起来，说道："人算不由天算，你这个狡猾的狐狸，天天吃我的鸡，这就是你的报应。"岸越来越近了，狐狸看着在河岸边正等着抓它的人，两腿一软就掉到河里去了。

讲述者：朱光福，男，黎族，55岁，干部

采录者：保亭县文化馆普查队

采录于保亭县

老鹰和鸡

过去，老鹰和鸡生活在同一片森林里。老鹰懒得自己找食物，但是又爱吃肉。鸡很勤快，它们每天刨地抓虫子。

有一天，一只母鸡带着一群小鸡在森林里寻找食物。母鸡一边刨地，一边抓虫子给小鸡吃。一只老鹰蹲在一块大石头上，饿得肚子咕咕叫，可是它又懒得自己找。它看着母鸡从地里刨出虫子放进小鸡的嘴里，馋得直流口水。老鹰叫母鸡分一点食物给它，母鸡只顾刨地抓虫子，头也不抬地说："想吃就自己刨吧！"老鹰根本不想去刨土抓虫子，也根本不想吃虫子。它心里打的是小鸡的主意，它是故意跟母鸡搭话，想引开母鸡的注意力，好去抓小鸡。老鹰边跟母鸡搭话，边观察那一群小鸡。当看见一只小鸡没跟上母鸡时，它趁母鸡不注意，突然扑过去叼起小鸡飞走了。母鸡发现并冲过去时，老鹰已经飞上天空，一会儿就不见了，母鸡望着天空悲鸣了很久。

从此以后，母鸡只要发现空中有老鹰，就立刻"咯嗒咯嗒"地叫，以提醒小鸡们："老鹰来了，快跑啊！"

讲述者：黄峰清，男，黎族，52岁，农民
采录者：保亭县文化馆普查队
采录于保亭县响水镇响水村委会什掘一队

老鼠为什么夜间出来

传说，古时候山林里有一对老鼠夫妇。它们和其他动物一样，白天觅食，晚上睡觉。这对老鼠夫妇很恩爱，它们一起寻找食物，谁都没有离开过谁。过了不久，母老鼠怀孕了。公老鼠心疼母老鼠，不让母老鼠出去找吃的，每天天没亮就出去找东西给母老鼠吃。母老鼠天天待在窝里，久了心里很闷。

有一天，公老鼠带着母老鼠到山林里玩，好久没出来的母老鼠玩得高兴不想回窝。玩着玩着，到了中午，母老鼠的肚子饿了，就对公老鼠说："我饿了，想吃东西了。"公老鼠听母老鼠说饿了，就对母老鼠说："你在这里等，我去给你找食物来。"说着窜进草丛不见了。公老鼠找呀找呀，找到了人家的山栏园。看见一捆一捆的山栏稻挂在竹架上，公老鼠高兴地跑过去，没想到被什么东西夹住了右脚，痛得它"吱吱……"直叫。原来，因为动物经常到人们的山栏园偷吃山栏稻，所以人们就在山栏园里放置竹夹防备。公老鼠不小心被竹夹给夹住了，怎么挣扎都没有用。母老鼠等啊等啊，等了很久也不见公老鼠回来。眼看太阳就要落山了，母老鼠心里非常着急，再也等不了了，就循着公老鼠的味道去找公老鼠。找着找着，它就来到了山栏园，看见公老鼠被夹住了。母老鼠又着急又难过，"吱吱……"叫个不停，惊动了看守山栏的人。看守山栏的人拿着一根木棍跑了过来。公老鼠见了，急忙叫母老鼠赶快跑。母老鼠为了肚子里的孩子，只好逃走。母老鼠逃走后，一直担心公老鼠。晚上，母老鼠又悄悄地来到山栏园，等到深夜看山栏的人睡了，才跑出去想救出公老鼠。可是当母老鼠去到公老鼠被夹住的地方时，公老鼠已经死了，母老鼠只好伤心地离去。

从此，母老鼠白天不敢出来找食物，晚上才敢出来。不久，母老鼠生下了一窝小老鼠。母老鼠为了让自己的孩子不像它们的父亲那样悲惨死去，就告诫它的孩子白天不要出去，等到晚上再出去找食物。它的孩子又告诫它的孙子，一代接一代。就这样，老鼠世世代代都是夜间才出来找食物。

讲述者：邢廷华，男，黎族，77岁，农民

采录者：保亭县文化馆普查队

采录于保亭县保城镇春天村委会扫例村

/鬼怪故事/

黄鳝精

　　从前，有一个长得非常漂亮的姑娘，她家稻田里一条已经修炼了500多年的黄鳝已经成精。

　　姑娘每天都到田里干活，黄鳝精看见姑娘长得很漂亮，就喜欢上她了。到了晚上，黄鳝精便从稻田的深泥里爬出来，摇身一变，变成了一个年轻英俊的小伙子。他来到姑娘的隆闺，轻轻敲门，姑娘不肯开门，他敲了一次又一次，姑娘还是不肯开门，天快亮了他只好走了。到了第二天晚上，黄鳝精又来敲姑娘的门，这次他学起那些年轻帕曼唱起山歌来，他唱道：

> 远路走来脚都软，
> 行到花园见花开。
> 欲想摘花因篱隔，
> 有心送花请开门。

　　姑娘从来没听过这么好听的歌声，想看看到底是哪个年轻帕曼唱的歌，就唱道：

妹种花来哥浇水，
香花专等哥来开。
哥欲有心把花摘，
妹愿阿哥进花园。

歌声一停，只听到"吱呀"一声，姑娘把门打开了，黄鳝精高兴
地进了姑娘的隆闺。姑娘从来没见过这么英俊的小伙子，一下子就爱
上了这个黄鳝精，有意和他结为相好，就唱道：

入房人哥面陌生，
请哥坐下歇一歇。
哥有心来陪妹坐，
竹草做床睡一夜。

黄鳝精刚进屋就听见姑娘请他坐下，又请他过夜，高兴极了，就
唱道：

哥住远方面陌生，
千年万载不曾来。
红藤缠树互做架，
多谢妹人陪一夜。

姑娘和黄鳝精用山歌一唱一答表达感情，一直到天快亮了，黄鳝
精才离去。他来到稻田边摇身一变，又变成一条黄鳝钻到深泥里去了。

从此以后，黄鳝精每天晚上都变成一个英俊的小伙子来和姑娘约会，他们缠缠绵绵、难舍难分，一直到天快亮，黄鳝精才急急忙忙离开钻到深泥里。姑娘想留黄鳝精到天亮，让他见一见她的父母，可是黄鳝精说什么也不愿意，因为他知道天一亮，他就会变回一条黄鳝，到时姑娘就会离开它。

有一天，姑娘发现自己怀孕了，她非常着急。她和黄鳝精来往已经很长时间了，可她从来没有问他家在哪里、叫什么名字，怀孕了才想起来要问这个和她夜夜相会的小伙子究竟是哪个村子的、叫什么名。到了晚上，黄鳝精又来了，姑娘就问他叫什么名字、家住哪里，还告诉黄鳝精她已经怀孕了，要他回去告诉他的父母，并让他的父母提槟榔来下聘。黄鳝精叽叽咕咕答不上来，只是说他住得很远很远。姑娘的肚子一天天大起来，她非常着急。每到晚上黄鳝精一来，姑娘就催他回去叫他的父母来下聘，黄鳝精总是找借口推掉。姑娘叫黄鳝精留下来见一见她的父母，黄鳝精也不肯，姑娘开始怀疑他是不是真心地喜欢她、想娶她。为了弄清楚这个夜夜来和她相会的小伙子到底住在哪里、叫什么名字，有一个晚上，姑娘等黄鳝精走后，就偷偷跟在他的后面，看他回哪个村子。她跟着跟着，不知不觉间来到了她家的稻田。她家的稻田旁边并没有村寨，一户人家也没有。姑娘觉得很奇怪，就在她还没有明白过来的时候，突然间她亲爱的小伙子摇身一变，变成了一条黄鳝钻进稻田的泥潭里去了。姑娘万万没有想到夜夜来和她相伴的英俊小伙子，原来是她家稻田里的一条黄鳝，她不知道该怎么办，就伤心地哭了。

姑娘回到家后一直闷闷不乐，家里的人问她怎么了，她什么也不说。晚上，黄鳝精又来了，姑娘质问黄鳝精为什么欺骗她，黄鳝精还想瞒下去，姑娘就把她偷偷跟在他后面和她看到的一切都说了出来。黄鳝精见再也不能瞒下去了，就承认他是一条修炼了五百多年的黄鳝。姑娘知道她和一条黄鳝相爱是不会有好结果的，不想再和黄鳝精继续来往，就对黄鳝精说："帕嚷染啊帕嚷染，门埃贪幼本嘿。"①黄鳝精见姑娘不想再和他来往，非常生气，就对姑娘说："你要是不继续和我来往，你全家人的性命都不保。"黄鳝精不但要姑娘继续跟他来往，而且警告姑娘不可以把这件事告诉任何一个人，否则姑娘全家人都会失去生命。姑娘为了保全全家人的性命，只好答应黄鳝精的所有条件。

　　姑娘的肚子越来越大了，大得再也瞒不住了，寨里的人们议论纷纷。有的人开玩笑地对姑娘的母亲说她要当外婆了，姑娘的母亲说他们的女儿还没有相好的人家，人们不相信，都说他们的女儿已经怀孕了，怎么会没有相好的。姑娘的母亲不相信人们说的话，人们就叫她自己去问她的女儿。于是姑娘的母亲来到女儿的隆闺，找女儿问个明白。姑娘的母亲看见女儿真的怀孕了，就问女儿男方叫什么名字，是哪个村子的。姑娘怕说出来后她全家人都会被黄鳝精害死，不管她母亲怎么问，她就是不肯说。姑娘的母亲没办法，只好到了晚上偷偷躲在女儿的隆闺附近，看看是哪个男子来找女儿。过了一会儿，一个英俊的小伙子来到女儿的隆闺门前敲门，女儿开门让那个男子进了屋。姑娘的母亲心想：有这么英俊的小伙子做女婿多好呀，女儿为什么怕家里知道呢？怀孕了都不肯跟家里说。姑娘的母亲从来没见过这个小伙子，女儿又不肯说出他住在哪儿、叫什么名字，她只好等到小伙子

----

① 帕嚷染啊帕嚷染，门埃贪幼本嘿：黎语直译，黄鳝哥啊黄鳝哥，以后你不要再来了。

从女儿屋里出来，偷偷跟在他的后面。她跟着跟着就来到了她家的稻田，她感到非常奇怪。这时她突然看见小伙子摇身一变，变成了一条黄鳝钻进她家稻田的深泥里去了，吓得晕了过去。

过了好久，姑娘的母亲才醒过来。她知道女儿是被黄鳝精迷住了，要想个办法抓住这个黄鳝精，可是因为黄鳝精藏在深泥里，想要抓住它并不容易。姑娘的母亲回到家后，急忙叫全家人想办法抓住这个黄鳝精，全家人想来想去都说只有用火灰才能抓到黄鳝精。姑娘的母亲拿了很多很多的火灰来到稻田里，准备往田里倒的时候，看见螃蟹、田螺和小蝌蚪都在田里，就对着螃蟹、田螺和小蝌蚪说："螃蟹、田螺和小蝌蚪，你们快快离开这里吧，我要抓一条成精的黄鳝，它不仅把我的田钻得越来越深，还害了我的女儿。"姑娘的母亲等螃蟹、田螺和小蝌都离开了，就对着黄鳝精钻进去的地方倒进火灰。顿时，泥里咕噜咕噜地冒起了很多水泡，不一会儿，一条黄鳝从深泥里跳了出来。姑娘的母亲用手一下子就把它抓住了，没想到黄鳝很滑，又从她的手中滑走了。姑娘的母亲想了想就用火灰擦在手上，再用手一抓，就把黄鳝精牢牢地抓住了。黄鳝精拼命挣扎想要逃走，姑娘的母亲急忙来回拍打黄鳝精，黄鳝精被打死，再也逃不掉了。

从此以后，人们不想让稻田被黄鳝钻得很深很深，就会把火灰撒到稻田里。另外，只要将火灰擦在手上，就可以轻而易举地抓住黄鳝。

讲述者：卓国照，男，黎族，73岁，农民
采录者：保亭县文化馆普查队

采录于保亭县什玲镇大田村委会丁誓村

山笑

古时候，有一个叫老达的男孩，从小就没了父亲，和体弱多病的母亲相依为命，靠砍柴卖钱过日子。卖柴得到的钱除了买米之外，还要给母亲治病，日子过得非常艰苦。可他从来不叫苦，他不但勤劳，而且聪明、勇敢。

老达每天天没亮就上山砍柴，一去就是一整天。他渴了就喝山泉水，饿了就摘野果吃，累了就靠着大树歇会，或听树上的小鸟唱歌，或看看树上的猴子玩耍。树上那调皮的猴子还时不时地用野果扔老达，逗得他开心得都快忘了疲劳。他一直砍到天黑才下山回家。老达是寨里最早上山砍柴的人，也是最后一个下山、砍得最多的人。

有一天，山上不知从哪里跑来了一个怪物，它要是饿的话看见什么就吃什么。每当要吃抓到的猎物的时候，它总是得意忘形地狂笑一阵子，才睁开眼睛把猎物吃了。从此，人们再也不敢上山砍柴了，小鸟、猴子等动物也都纷纷逃离这座山。这座山再没有往日那般热闹了，变得死气沉沉。

老达不能上山砍柴，家里的米就没有了，也没钱给母亲抓药治病了，母亲的病一天天加重。一天，老达实在没办法就拿着砍刀准备上山砍柴，寨里的乡亲们都劝他别上山，去了会被那怪物吃掉有去无回的，他那躺在病床上的母亲也会没人照顾的。老达心想：如果不上山砍柴,怎么过下去?母亲的病哪里有钱治?与其在家坐着等死,还不如到山上砍柴,说不定碰不上怪物。老达顾不了许多,他谢过好心的乡亲们,就提着刀上山砍柴去了。

老达到了山上,树上的猴子和小鸟,以及所有的动物都不见了,往日山里热闹的情景不见了,山里变得阴森森的,可怕极了。一阵风吹来,老达打了个寒噤,可一想到母亲还等着他砍柴卖钱治病,他便压住心中的恐惧急急忙忙砍柴。他砍着砍着,好不容易砍到了一担柴,准备挑下山回家。突然狂风大作,吹得老达睁不开眼。狂风过后,一个庞然大物已经出现在老达的眼前,他目瞪口呆地望着这个从来没见过的怪物。这个怪物长得跟人一样,只是它的头上多长了两个角,而且高大无比。它走起路来脚踩在地上发出"咚咚"的响声,整个森林都能听到它走路的脚步声,路边那些树都被它撞得东倒西歪,好像刚刚被台风刮过一样。老达想到人们所说的那个抓住东西就笑,笑完就把抓到的东西吃掉的怪物,吓得拔腿就跑。他跑呀跑呀,跑了很远,可是这个怪物一步就跨了几公里远,它一步两步很快就追了上来。老达不舍得扔掉好不容易砍到的一担柴,便挑着一担柴拼命地跑,他跑呀跑呀!眼看就跑不动了,只好扔下柴继续跑。老达一边跑一边心里暗暗叫苦:"这下完了,我那多病的老母亲以后该怎么办?谁来照顾她啊?老达啊老达你可不能死啊。"他一想到母亲就浑身充满力量,他告诉自己一定要活着回去,母亲还等着他照顾,一定要想办法对付这个怪物。老达想着就使出全身的力气往悬崖的方向跑去,跑不动了他就爬着,连滚带爬地来到一个悬崖上。很久没吃东西的怪物紧追着老达不放,它一步两步很快便追了上来,瞪着通红的两眼向老达扑去,将他抓住，不停地狂笑起来。这时老达又想起人们说的话：这种怪物每当抓到可以吃的东西的时候，总是狂笑一阵，狂笑得会忘了一切，这时它什么都不知道，笑到停止才会睁开眼睛吃掉它抓住的猎物。老达急中生智抓起地上的一根木棍，趁怪物笑的时候把自己的手从怪物的手中抽出来，然后把木棍伸到怪物的手中让怪物抓。当怪物抓住木棍时，他就抓住木棍像牵着一头瞎牛一样把怪物往悬崖边引去。怪物只顾忘形地笑，又怕到手的美餐跑掉，所以就跟着"引导"来到悬崖上。这时老达松开木棍转身跑到怪物的身后，猛力往怪物身上一撞，把怪物撞到悬崖下摔死了。

怪物死了，老达挑着柴高高兴兴地回到了村寨。乡亲们见老达没被怪物吃掉，都跑来围着他问这问那。老达把遇见怪物的事一五一十地跟乡亲们说了一遍，乡亲们都夸他是个聪明、勇敢的孩子。

从此以后，山里又恢复了以往的热闹，小鸟和猴子又回到这座山里。老达和乡亲们又可以上山砍柴，再也不用害怕了。

讲述者：洪青，男，黎族，70岁，农民
采录者：保亭县文化馆普查队
采录于保亭县响水镇响水村委会什掘一队

勇斩南蛇精

很久很久以前，有一个黎寨里住着一对夫妇，他们生下了三个女儿。三个女儿不但个个长得水灵灵的，而且勤劳、善良，最小的女儿乌雅娥，是三个女儿中最聪明、勇敢的一个。

这对夫妇和他们的三个女儿，靠刀耕火种的方法开垦荒山种植山栏，辛勤地劳动着，还算过得不错。特别是三个女儿都很孝顺父母，姐妹之间又能互相关心、互相帮助。

一天，山上来了一只人头蛇身的南蛇精，它大得可以吞食一头牛。南蛇精除了吞食各种动物之外，还喜欢抓一些漂亮的姑娘供它使唤，天天为它干活。那些姑娘整天干活，又没饭吃，最后被折磨得死去活来，南蛇精见她们没用了，就一口一个把她们给吞食了。寨里的人们整日人心惶惶，有漂亮女儿的人家都不让女儿出门，乌雅娥的父母也一样，不让她们姐妹三人外出，就算地里的活再多，他们再苦、再累，也坚决不让三姐妹出门帮他们干活。

乌雅娥家没有男孩，姐妹三人不忍心看年老的父母如此辛苦，个个争着要出去干活，可不管她们怎么说她们的父母都不同意。她们的父母每天起早摸黑地干，非常辛苦，终于有一天双双病倒了。地里的活没人干，家里的柴也没人砍，姐妹三人一起商量，看看能不能帮家里干活。她们一个劲地想办法，终于想出了一个办法。大姐去放牛和砍柴，二姐到地里干活，乌雅娥在家照顾生病的父母。她们分完工后，大姐和二姐各自用锅上的黑炭把自己漂亮的脸蛋抹得黑黑的就出门干活去了。由于她们把脸抹黑，没被南蛇精发现，她们都安然无恙地回到家。从此以后，她们每天都把自己的脸抹黑才出去干活。

有一天，乌雅娥的大姐在山上放牛，她一边放牛，一边唱着山歌。她看牛吃饱了、天也还没黑就捡起柴来，捡着捡着，汗水不停地往下流。她不停地用手去擦脸上的汗水，擦呀擦呀，不知道什么时候把脸上的黑炭给擦掉了，她那漂亮的脸蛋露出来了。太阳快落山了，她捡到了一担柴，便高高兴兴地赶着牛群挑着柴回家。她走着走着，突然一团黑云翻滚着向她扑来，她只觉眼前一黑就什么也不知道了，等她醒来时发现自己在一个山洞里。一只人头蛇身的怪物张着血红的大嘴正看着她，她吓得浑身哆嗦，这时她才明白，眼前这个怪物就是人们所说的南蛇精，南蛇精不但吃了她的牛，还把她抓到山洞里来了。南蛇精见她醒了，就张着血红的大嘴说："你赶快去捡些柴来给我生火暖身子，我都快冻死了。"之后，乌雅娥的大姐，天天为南蛇精捡柴生火。南蛇精怕她逃跑，白天，在她出去捡柴时，它就盘在高高的石头上看着她；晚上，南蛇精就盘在洞口睡觉，长长的身子盘起来刚好堵住了洞口。乌雅娥的大姐是多么想家啊！可她逃不出去，她伤心地哭了。乌雅娥的大姐白天要给南蛇精捡很多很多柴，柴捡少了就会被南蛇精用它的尾巴抽打；晚上给南蛇精生火取暖，火生得不够旺也会被抽打。它那有力的尾巴甩打在大姐的身上"噼啪噼啪"作响，她浑身青一块紫一块的。大姐又累又饿，一天比一天消瘦，最后一点力气也没有了，再也不能给南蛇精捡柴干活了，南蛇精就把她吞食了。

乌雅娥一家天天盼、天天等也不见大姐回来，乌雅娥的母亲整天以泪洗面，不吃不喝加上患病，没多久就离开了人世，全家人伤心极了。母亲已经不在了，父亲还病在床上，乌雅娥多想父亲的病快快好起来，可是事与愿违，祸不单行。二姐在一次上山砍柴后也不见回来，父亲经不起一次又一次的打击，病情加重，不久也离开了人世。好端端的一个家就这样家破人亡，乌雅娥悲痛欲绝，暗暗发誓一定要为死去的亲人报仇。可是杀死南蛇精谈何容易，一般人是不能靠近它的，它的嘴里能喷出一种液体，人和动物一旦被这种液体喷中就会晕倒，被它吃掉。它的尾巴甩动起来"呼呼"地响，十几米外的东西都能打倒，没有人能靠近它，只有那些漂亮的姑娘被它留下来替它干活才能靠近它。乌雅娥没有别的办法，她决定利用自己长得漂亮的优势接近南蛇精，杀死南蛇精，为死去的家人报仇。乌雅娥这个办法十分冒险，但为了给家人报仇她顾不了许多。一天，乌雅娥忍住失去亲人的悲痛，把母亲为她出嫁时准备的筒裙、手镯、银项链、头钗等嫁妆都拿出来把自己打扮了一番，打扮后的乌雅娥更加漂亮了。她准备好一切就往深山走去，她装着捡柴的样子，慢悠悠地走着。乌雅娥一边捡柴，一边等待南蛇精出现，她恨不得马上就把南蛇精杀死，可是她等到天黑都不见南蛇精，只好怀着失望的心情回家去。

第二天，乌雅娥又来到深山里，照样假装捡柴等待着南蛇精的出现。自从南蛇精把乌雅娥的二姐吞食后，再没有人替它捡柴烧火暖身子了，又冷又饿的南蛇精从洞里爬出来，寻找食物和漂亮的姑娘。它爬到高高的山顶上，伸出长长的脖子向远方看，远远地看见乌雅娥在捡柴，心中不由得一阵狂喜，心想：我还是头一次看见这么漂亮的姑娘。竟然还有这么漂亮的姑娘到山里来，看来今天的运气不错，这下有人为我捡柴烧火了。它迫不及待地向乌雅娥扑去。当乌雅娥焦急地等待着南蛇精出现时，一团黑云翻滚而来，她眼前一黑就什么也不知道了，等醒来时她已经在一个阴暗的山洞里了。南蛇精见乌雅娥醒来，便张开血红的大嘴喊道："还不快快去捡柴给我生火暖身子，很久没有人给我生火，我都快冷死了。"乌雅娥看着眼前这个害她家人的南蛇精，两眼直冒火恨不得活剥它的皮，但乌雅娥心里很清楚凭她自己的力量是斗不过南蛇精的，必须以智取胜。于是，当南蛇精强迫她去捡柴时她装出非常害怕的样子，并对它百依百顺。几天过去了，最后乌雅娥装出了有气无力不能干活的样子。南蛇精见了非常生气地说："没用的东西，没两天就要死了。"说着它就张大那血红的大嘴向她扑来，乌雅娥紧紧握住藏在衣服里的镰刀，让南蛇精把她吞下。当南蛇精把她吞下时，她用锐利的镰刀扎入南蛇精的脖子，镰刀顺着南蛇精的脖子割下，一直割到肚子，狠狠地把南蛇精割成了两半。顿时南蛇精喷出鲜血倒地而死，乌雅娥从南蛇精的肚子里爬了出来。

乌雅娥终于杀死了南蛇精为家人报了仇，从此，这片山林又恢复了从前的宁静。那些姑娘们可以出门帮她们的父母干活，人们又可以快快乐乐地生活了。

讲述者：陈母德，女，黎族，79岁，农民
采录者：保亭县文化馆普查队

采录于保亭国营南茂农场一区加茂队

台风精

相传，古时候，保亭七弓一带家家丰收，人们过着安定、幸福的生活。可是忽然有一天，不知从哪里跑来了一只台风精。这只台风精长得比老鹰大万倍，两只翅膀非常长，它的翅膀一扇，就刮起十四级大风。房子、树木、鸡、鸭、牛被风刮得走的走、倒的倒。人们生活不下去，都纷纷逃难到了他乡。

那时候，有一个小村寨，村寨里的人都逃难去了，只剩下一个叫老费的哥哥和一个叫老唯的弟弟这兄弟俩。兄弟俩高大强壮，还练成一手好箭法，箭射得非常准。他们见台风精一天到晚扇着它那双大翅膀刮大风害人，非常气愤，决定要为民除害。

有一天，兄弟俩打听到台风精就住在七弓东北面一座山的大岩洞里，还听说它经常在洞外晒太阳。兄弟俩商量好，一定要找到台风精，把它杀了。可是想要杀死台风精，得先有好的弓和箭，去哪里找好的弓箭呢？兄弟俩分头去找做弓箭的树、藤和竹子。他们翻过一座又一座山，找了一个月，一共翻过了九十九座山，终于找到了世上最硬的树，做成了世上最硬的大弓。他们又蹚过了七十七条河，找了一个多月，终于找到世上最硬的竹子，做成了三十支世上最利的箭，然后把箭放毒水里泡了三个月。兄弟俩把一切都准备好了，到了大年初一，就背上弓箭，找台风精去了。兄弟俩走了七天七夜，来到了大岩洞的山脚下，因为累坏了走不动了，便坐着休息，谁知就睡着了。睡着睡着，他们梦见一位头发雪白，胡子长长的老阿公，从天上慢慢飘下，来到他们的面前。老阿公手里拿着一支箭指着山顶对他们说："未达腿改弟帕曼啊！①台风精就住在山顶上的山洞里，我送你们一支箭，让它帮助你们。可是你们千万要记住，一定要等你们的箭射完，才能用这支箭。"老阿公说完就不见了。一阵冷风吹来，兄弟俩被吹醒，看见面前有一支闪闪发光的箭，又惊又喜，心里想：梦里见到的老阿公一定是神仙，这支箭一定是神箭，这下一定能杀死台风精了。他们便拿着老阿公送的箭向山顶上爬去。他们爬呀爬呀！衣服被树枝钩破了，手和脚也被石头割流血了，终于爬到了山顶找到了台风精住的山洞。他们悄悄来到洞口，真的看见人不像人，鸟不像鸟的台风精，躺在洞口外张开一双巨大的翅膀，翘着它百丈长的脚晒太阳。兄弟俩看台风精舒服自在，想起被台风精害惨的人们，"呼呼呼"地抽出弓箭，"嗖嗖嗖……"一支接一支，泡过毒水的利箭向台风精射去，射得它满身是箭，血溅到石头、草和树上。当兄弟俩射出第二十九支箭时，台风精被射中要害，大叫一声猛地扑打它那巨大的翅膀，瞬间刮起大风大雨。兄弟俩站不稳，眼看着就要掉下悬崖。哥哥又惊又急，就忘了老阿公的话了，急忙拔出神箭，朝台风精射去。只听"嘣"的一声巨响，台风精的一只翅膀被射断掉在了地上，风一下子变小了。浑身是伤又断了一只翅膀的台风精想跑，弟弟急忙拔出最后一支箭，把台风精肚子射了个大洞。兄弟俩没有听老人的话，没有等到射完最后一支箭才用

---

① 未达腿改弟帕曼啊：黎语直译，不怕死的年轻人啊！

神箭，所以没把台风精射死。台风精忍着痛，拖着一边翅膀逃走了。

台风精逃到南海的一个岛上，海岛上没有它原来住的山洞好。它恨死了射伤它、射断它翅膀的兄弟俩，经常用它剩下的一边翅膀对着它住过的山扇大风。大风吹进山洞便发出"隆哐隆哐"锣声般的声响，从此以后，人们就把这座山叫作"吊锣山"。

讲述者：林石梅，男，黎族，81岁，农民
采录者：保亭县文化馆普查队
采录于保亭县什玲镇大田村委会丁誓村

/寓言故事/

榕树与榕树根

七仙岭上有一棵榕树，长得十分茂盛，高高的树干、长长的树枝。榕树根扎在地里，又潮湿又见不到太阳，很羡慕榕树。

有一天，榕树根对榕树说："榕树，你靠我吸收营养才这么高、这么茂密，而我却永远在地下，永远没有出头之日。"榕树觉得榕树根说得有道理，就说："那你就跟着我一起长吧，我长多高你也长多高。"于是，榕树根就顺着榕树的树枝长着。榕树根离开了地，靠着树干和树枝的营养，长得细细长长，在空中飘飘扬扬。可是，榕树根又说："榕树，我虽长在你的树干和树枝上，跟你一样高，但我还是没有你粗壮。而且在空中被风吹得摇来摇去，很难受。"榕树见榕树根被风吹来吹去，很同情榕树根，就说："树根啊，你就缠在我的身上吧。"就这样，榕树根缠在了榕树的身上。

一日又一日，一年又一年，榕树的根已经不是原来那样细细长长的了，它缠在树干上不断成长，跟榕树的树干一样大了。榕树根在榕树干上自由自在地缠着、绕着，榕树无法忍受了，就对榕树根说："根啊，你缠在我的身体上，把我勒得好痛啊！我都喘不过气了。你现在长大了，应该离开我了。"根听了很不高兴地说："你知道我离开你只能吊在空中，很难生活，你就帮忙帮到底吧。"榕树根不肯离开榕树的身，依然紧紧缠住榕树，从树干到树枝。

终于，榕树慢慢枯死，榕树根却越来越粗壮，最后竟长成了大树。好心的榕树，最后被自己的根给绞杀了。

讲述者：黄峰清，男，黎族，52岁，农民
采录者：保亭县文化馆普查队
采录于保亭县响水镇响水村委会什掘一队

泥鳅和田螺

从前，有一个农民种着一块稻田。他早出晚归，施肥除草，秧苗长得非常茂盛，可是，田里有很多泥鳅和田螺。泥鳅在稻田里钻来钻去，把秧苗钻得倒的倒，烂的烂，田螺把秧苗一棵棵给咬断。农民气坏了，想办法抓泥鳅和田螺。

有一天，泥鳅和田螺在田里钻的钻，咬的咬。农民等它们钻得很高兴，咬得很高兴的时候，悄悄地走进稻田。泥鳅和田螺虽然感觉到有人来了，可是，泥鳅心里想：我不怕，我能钻进泥里。于是，泥鳅一头扎进了泥巴里。田螺心里想：我有一个硬壳，我能躲进壳里。于是，田螺就缩进壳里一动不动。农民不费力气，非常轻松地捡起田螺，放进了他的腰篓里。接着农民又用簸箕扎进泥巴里，捞起了泥巴里的泥鳅。

讲述者： 郑忠义，男，黎族，73岁，农民

采录者： 保亭县文化馆普查队

采录于保亭县保城镇石峒村委会打南村

眼镜蛇钻竹筒

有一条眼镜蛇，紧追着一只青蛙不放。青蛙逃到哪里，蛇就追到哪里。青蛙拼命地跑，饿坏了的眼镜蛇拼命地追。青蛙逃着逃着，没路可逃了，眼看就要被眼镜蛇给吞了。青蛙心里暗暗叫苦：完了，完了，这下死定了。就在青蛙绝望时，它突然看见一根竹筒，就钻进竹筒躲了起来。

饿极了的眼镜蛇紧紧追在后面，眼看就吃到青蛙了，没想到青蛙一下子钻进了竹筒里。眼镜蛇怎么肯放过到了嘴边的肉，于是也钻进了竹筒里，一口把青蛙给吞下了。眼镜蛇肚子饱了，想从竹筒里钻出来，它想往前钻却钻不过去，它想往回退也退不出来。原来眼镜蛇吞下青蛙后，肚子变大了起来，卡在了竹筒里，只剩下蛇尾在竹筒外面，摇来摇去。

这时候，有一位农民正好路过，看见一条蛇的尾巴在一根竹筒外面摇来摇去，就连蛇和竹筒一起拿回家，把眼镜蛇扔进酒缸里泡酒了。

讲述者：朱光福，男，黎族，55岁，干部

采录者：保亭县文化馆普查队

采录于保亭县

锯齿草与荔枝树

七仙岭茂密的原始森林里长着许多野荔枝树和锯齿草，荔枝树结实坚硬，特别是生长几十年的老荔枝树更为坚实。黎族人都喜欢用荔枝树做柱子和屋梁，荔枝树做的柱子不容易被雨水泡烂，也不容易被虫蛀。锯齿草长得细细长长，叶子两边长着锯齿，非常锋利。人或动物从它身边经过，不小心碰到它的话，就会被它割出一条条伤口，流出血来。人们遇见它都要让着它，绕着它。

锯齿草密密麻麻地长在荔枝树的底下，高大的荔枝树把阳光都遮住了。锯齿草看不到阳光和蓝天，就对荔枝树说："树啊，我从出生到现在都没见过阳光和蓝天，你就让阳光从你叶子缝间落下来，哪怕一点点也行啊！"可是，荔枝树一动不动。锯齿草生气了，气冲冲地对荔枝树说："你高大有什么了不起，你给我让开。"高大茂盛的荔枝树根本不把锯齿草放在眼里，轻蔑地笑了笑说："我这么高大的树，为什么要听你一棵小小的草的命令。"荔枝树站着不动，理都不理、看都不看锯齿草一眼。锯齿草更生气了，它决定狠狠地教训荔枝树。于是，锯齿草拉开它锋利的锯，对准荔枝树的树干，来回地拉动起来。

锯齿草不停地在荔枝树的树干上锯呀……锯呀……一日又一日，一年又一年，锯齿草都没把荔枝树锯出一道伤痕来，反是它锋利的锯齿被坚硬的荔枝树给磨平了。锯齿草哪里知道它弱小的力量是不可能战胜强大的荔枝树的。

讲述者： 陈家平，男，黎族，60 岁，农民

采录者： 保亭县文化馆普查队

采录于保亭县保城镇西坡村委会新村

农夫和鸡

从前，有一个农夫，他养了很多鸡。他担心鸡跑到野外不回来，就用竹子围成篱笆，把鸡围起来。喜欢自由的鸡失去了自由，非常难受，整天扇着翅膀"扑扑"地飞，想飞过篱笆。农夫见鸡想飞出篱笆，又把篱笆加高。可是不管篱笆多高，鸡还是拼命地往上飞，飞不过落下来，又接着飞，不停地飞。农夫非常生气，把鸡一只一只地抓来，再把它们翅膀上的羽毛一根根地拔掉。

鸡的羽毛被农夫拔个精光，只剩下光溜溜的肉翅膀了，鸡非常伤心。一只鸟飞过，就对鸡说："你们有翅膀也没有用，就是飞也飞不高，有没有翅膀都一样。"鸡十分委屈地说："虽然我们的翅膀不能像你们的一样，但我们的羽毛就像衣服一样，能保护我们的身体，也代表着我们的尊严。拔掉我们的羽毛是对我们的不尊重，真让我们寒心。"被拔掉羽毛的鸡伤心透了，它们不想在农夫的篱笆里待了，想找机会跑出去。

有一天，农夫见鸡被拔掉羽毛后再也不飞了，心想，鸡这下老实了，就把鸡放了出来。鸡被农夫放出来后，"咯咯答咯咯答"你叫我，我叫你，纷纷跑进了山林里，再也没有回到农夫的篱笆里。

农夫只想到鸡有翅膀能飞，却没有想到鸡还有一双脚会跑。

讲述者：黄月美，女，黎族，62岁，农民
采录者：保亭县文化馆普查队

采录于保亭县

猎人和熊

很久以前，七仙岭茂密的原始森林里生活着一群狗熊。很多猎人从大老远的地方来七仙岭打猎，他们装套，挖陷阱，想尽各种办法抓狗熊，熬煮熊膏卖大钱。

在七仙岭脚下，有一位猎人十几岁就上山打猎，打到不少的狗熊。后来，狗熊在许多猎人不断的捕猎下渐渐减少了。最后，只剩下一只动作敏捷、聪明的狗熊。它每次都能在猎人的枪口下逃脱，活了下来。这个猎人由于打不到猎物，就在七仙岭上砍了一片地种植山栏，又在山上搭起寮房看守山栏。

过了很久，这个猎人头发全白了，背也驼了，眼睛又得了白内障看不清东西了。那只每次逃脱于猎人枪口的狗熊也很老了。它的动作不敏捷了，走路慢吞吞的，耳朵也聋了，它寻找食物变得很艰难，常常挨饿。这时，狗熊心里想之所以猎人想各种办法抓它，要杀死它熬膏，是因为它有价值，如今没人抓它杀它，说明没人看得起它了，与其这样静静地死去，还不如去找猎人让猎人把它杀了熬膏，也算死前做了一件好事。于是，狗熊迈着一脚深一脚浅的步子走到老猎人住的寮房门前，抬起前爪用尽全身的力气敲起门来。老猎人打开竹门，看见是那只很多年来一直无法捕到的狗熊。他吓了一大跳，急忙转身拿起墙角里的猎枪，狗熊见猎人拿起枪，急忙说："猎人啊，你不用害怕，

186

我再也不能伤害到你了，我老了，快要死了。你不是一直想要抓我熬膏吗？今天我来找你，就是让你把我杀了熬膏的。"老猎人听了狗熊的这番话，哭了，哭得很伤心。因为他知道他也老了，别说是抓狗熊，就是杀熊熬膏的活，他都干不动了。

讲述者：黄峰清，男，黎族，52岁，农民
采录者：保亭县文化馆普查队

采录于保亭县

请狼做法官

一只麻雀在树上搭窝，一只兔子在树头下打洞，它们在一片森林里生活。

有一天下大雨，雨水淹没了兔子洞，兔子的粮食被雨水淋湿了。第二天，太阳出来了，兔子从洞里把粮食搬出洞外来晒。下过雨后，天气很好，兔子晒好了粮食，就在树林里散步了。麻雀也出来寻找食物，它在森林里飞来飞去，无意间看见了兔子晒在地上的粮食。饿了很久的麻雀，飞落到地上，忍不住用嘴啄地上的粮食，一会儿就把兔子晒在地上的粮食吃个精光。麻雀吃饱后，舒服地伸了伸腰，拍打着翅膀飞走了。麻雀飞走时掉下了一根羽毛。不久，兔子散步回来发现地上的粮食没有了，还发现地上有一根羽毛。于是，兔子就拿着麻雀的羽毛找麻雀要粮食去了。

兔子找到麻雀，叫麻雀还它的粮食，可是麻雀说它没有看见兔子的粮食。兔子说是麻雀偷吃了它的粮食，麻雀说它没有偷兔子的粮食，一个说偷一个说没偷，它们吵了起来。兔子没办法就去找到了狼，请狼给它主持公道。狼把兔子和麻雀都叫来，狼对麻雀说："你这个贪吃的麻雀，谁叫你把兔子的粮食吃了？"狼把麻雀狠狠地教训了一番后，又对兔子说："你这只笨兔子，谁让你把粮食搬到外面来晒的？要不是你把粮食晒在外面，麻雀怎么会吃你的粮食？你们两个都有罪。"狼说着张嘴就把麻雀和兔子给吃了。

　　兔子万万想不到，请狼当法官主持公道的结果是被告和原告被法官给吃了。

讲述者：胡春芳，女，黎族，59岁，农民

采录者：保亭县文化馆普查队

采录于保亭国营南茂农场一区加茂队

/笑 话/

财主买马蛋

从前，有个财主很有钱，但是非常吝啬。不管谁在他的稻田上种植，收割时要交一大半的稻谷给他。谁要是向他借钱，就要还三倍的钱。

财主有一个女婿很穷，但女婿很聪明。他在岳父的田上种植，借岳父的钱，岳父照样叫他还三倍的钱。财主的女婿决定惩治这个吝啬鬼。

有一天，财主的女婿向别人借了一匹马，骑着马去财主家。财主没见过马，见女婿骑在马上好威风，心想：自己要是有匹马，骑着去收租，不知有多威风。财主越想越高兴，就问女婿骑的是什么，从哪里得来的，能不能卖给他。女婿说他的马正在下蛋，要孵蛋不能卖。财主就叫女婿把马蛋卖给他。财主的女婿叫财主给一百光银才能把马蛋卖给财主，还要财主自己孵蛋。财主非常想要一匹马，骑着去收租，又不累又威风，就答应给女婿一百光银。女婿拿到光银后，叫岳父等他回家拿马蛋。

女婿回到家拿着一个鹅蛋来给财主，并告诉财主要抱着蛋躺在床上，用三张被盖孵三十天，才能孵出小马来。财主就按照女婿说的去做，他抱着鹅蛋躺在床上，盖上三张被子。

正好是六月的大热天，天气非常热，但为了能孵出小马来，财主忍着大热天孵着女婿给他的鹅蛋。财主盖着三张被子，热得满身长痱子，痒得浑身难受。孵了一天又一天，孵到第二十八天的时候，财主终于热得再也忍不住了。他看怀里的鹅蛋一点变化都没有，又看看自己又脏又臭，满身长着痱子，气极了，一下子就把鹅蛋扔到了门外，鹅蛋"咕噜咕噜"地滚进了草丛里。没想到，草丛里正好有一只兔子，兔子受到了惊吓，从草丛里蹦出来，飞快地跑了。财主看见草丛里跑出一只兔子，又气又伤心，不停地用手捶着自己的胸口说："哎呀，哎呀，坏了，坏了，我的小马跑了。只差两天就满三十天了。我要是再坚持孵两天，就能得到一匹马了。"财主望着跑远了的兔子，不停地叹气。

讲述者：高文理，男，黎族，80岁，农民
采录者：保亭县文化馆普查队
采录于保亭县响水镇响水村委会什掘一队

下巴尖尖做篱笆

从前，有一个人很贪财、很吝啬，又心肠歹毒。他每天什么活都不做，吃饱后从早到晚就在村里闲逛，这家坐坐、那家聊聊，在村里转烦了，就到野外看看山、看看水。家里所有的活都是他老婆和女儿干，他老婆又犁田、又插秧。

渐渐地他的女儿长大成人了，每天晚上，那些青年男子都来到他女儿住的隆闺前"逛隆闺"。但是，这个人只要听到有男人在他女儿隆闺外讲话，就拿出枪朝天上乱放，吓得那些男人没命地跑。久而久之，没有哪个男人敢来逛他女儿的隆闺了。

一年一年地过去了，他女儿的年纪也大了，已经是快四十岁的人了，还没能嫁出去。有一天，他的老婆突然发现女儿怀孕了，就跟他商量赶紧给女儿找个婆家，但他想来想去都想不出该把女儿嫁给谁。他女儿的肚子越来越大了，全村的人都知道了。

一天，有一个男人来到他们家承认他女儿肚子里的孩子是他的，愿意娶他的女儿当老婆。可是，这个人对那个男人说："你虽然长得好看一点，但是很穷，我的女儿怎么会看上你？她肚子里的孩子肯定不会是你的，你是想老婆想疯了吧。"他说着就把那个男人赶走了。自从他赶跑来认孩子的那个男人后，再也没有谁来找他的女儿。七个月后，他的女儿生下了一个男孩，因为是早产所以孩子很小。他的女儿带着孩子一直和父母住在一起。

几年过去了，孩子已经六岁的时候，这家人盖瓦房。给他盖瓦房的是个又瘦又矮，年纪很大的人，还没有老婆，想娶他的女儿当老婆，可是这个人还是不同意。他的老婆再也不忍心让女儿带着一个孩子过日子，就跟他吵了起来。这是她第一次敢和她的老公吵架，为了女儿她豁出去了，她说："女儿要嫁人，你当时说要女儿再干满六年活就同意她嫁人，现在十多年都过去了，你还不同意她嫁人。""噢？"这个人哼了一声说，"满六年的那年，她为什么不嫁，到现在才想嫁。"他的老婆气愤地说："你又不让她和男人接触，六年一满，你叫她嫁给谁？"这个人又说："要嫁人，也找个像样的人嘛，你看看那人长着一副镰刀的脸，眼睛那么凹，洗脸都要把毛巾捆在棍子上伸进去，才能洗到眼睛；下巴尖得跟削尖的木棍一样，能扎进土里当篱笆。""你不是说别人穷，就是说别人长得难看，怎样的人你才满意？"他老婆说着，气呼呼地走了。之后，这个人的女儿还是没有嫁出去。

讲述者：郑忠义，男，黎族，73岁，农民

采录者：保亭县文化馆普查队

采录于保亭县响水镇响水村委会什掘一队

懒汉钓鱼

从前，有一个懒汉，什么活都不干，靠父母生活，父母给他娶老婆后，不久父母就去世了。犁田、插秧、砍柴、放牛、煮饭，所有的活都是他老婆一个人干。懒汉天天不干活，非常无聊，于是他就想到了钓鱼。

懒汉每天拿着一个小水桶和鱼竿去钓鱼。他来到河边把竹竿插在河岸上，把鱼钩丢到河水里就躺着睡觉，一直睡到老婆干活回来把饭和菜煮熟了，他才回家吃饭。

有一天，懒汉来到河边依旧把鱼钩放到水里就睡觉，鱼吃不吃钩他都不管。他睡着睡着，睡得正香，这时候一条三米长的蛇从河对岸的那边游了过来。它慢慢游上了懒汉睡着的河岸，从懒汉的身边爬过。熟睡的懒汉刚好翻了个身，手压在了蛇的身上。懒汉觉得手冰凉冰凉的，就睁开一双睡眼看，发现一条蛇在他身边，吓得大叫一声，跳了起来。由于用力过猛，一时没站稳，一头栽到河里去了。

全身湿透，吓得脸发白的懒汉从河里爬上岸来，丢下水桶和鱼竿逃回家去了。从此，懒汉再也不敢去钓鱼了。

讲述者：高文理，男，黎族，80岁，农民
采录者：保亭县文化馆普查队
采录于保亭县响水镇响水村委会什掘一队

酒鬼与蛇

很久以前，有一个人很爱喝酒，认为酒比命还重要。哪里有酒他就去哪里，多远他都要去。只要天天有酒喝，他就什么都不干，天天喝，夜夜喝，喝得醉蒙蒙的。

有一天，邻村有人去世，这个酒鬼丢下手里的活就跑去，说是去帮忙，其实是找酒喝。喝了几天几夜，一直到死人下葬满七后人都走完了，晚上深夜他才起身回家。晚上有月亮，不打火把也能看得见路。酒鬼喝醉了，一摇三晃地走着，来到了一片稻田。人们刚刚割完稻谷，青蛙在田里叫个不停，其中有一只叫得很大声。酒鬼心里想：这只青蛙叫这么大声，一定是一只很大的青蛙，要是抓到这只青蛙，明天就有下酒菜了。酒鬼一边想一边笑眯眯地走到田里，顺着青蛙的叫声左听听，右听听，去抓青蛙。他找着找着，找到青蛙叫声发出的地方，是在田埂里。他怕吓跑青蛙，轻手轻脚，慢慢向田埂靠近。在田埂的草里找来找去也没见到青蛙，他以为青蛙跑了，转身准备走。青蛙又大声叫了起来，酒鬼急忙转回身，弯下腰慢慢找，终于发现了一个洞。他蹲下身子靠近洞口仔细听，发现正是青蛙在洞里叫着。酒鬼慢慢地把手伸进洞里想捉住青蛙，但手再也拔不出来，人也动不了了，昏死了过去。

天亮了，家里的人见他没回来，就到邻村去找，可是邻村的人说他昨天夜里已经回去了。有的人说他可能又去其他村喝酒了，有的人说他可能醉酒睡在哪里了。酒鬼的家人们找来找去都没找到酒鬼，只好回家。经过村前的稻田时，他们远远看见有一个人坐在田埂边，就走过去看，看见醉鬼闭着眼睛，家人们都以为他在睡觉，就骂道："烂酒的人，喝酒喝到睡在田里，你真是丢人啊！还不起来回家？"他们边骂边推了一下酒鬼，见酒鬼没反应，众人感觉不对，仔细一看才看见酒鬼的一只手在洞里，就把他的手拉了出来。当酒鬼的家人们把酒鬼的手从洞里拉出来时都吓呆了，一条眼镜蛇已经不动了，但还是紧紧咬住酒鬼的手指。酒鬼的家人们急忙把酒鬼连同眼镜蛇一起送去了医院，到医院后发现蛇早就死了：当蛇咬住这个酒鬼的手时，被酒鬼身上的酒醉死了。酒鬼被医生救活了，命是保住了，但一只手（蛇咬住的手）被锯掉了。

从此以后，只要人们看见有人喝酒喝得烂醉时，就会对他说："你喝的酒都能把眼镜蛇醉死了。"

讲述者： 陈文章，男，黎族，80岁，农民
采录者： 保亭县文化馆普查队
采录于保亭县响水镇响水村委会什掘一队

勤劳喝酒败一世

很久以前，有一个人很爱喝酒。他天天喝酒，白天喝不够，晚上又喝，家里没酒喝就去别人家找酒喝，什么活都不干。父母劝告他说："你不勤劳干活，哪里会有姑娘愿意嫁你，你以后该怎样生活？"村里的好心人也劝告他，他就是不听，还说："你们天天干活就是勤劳干活。我天天喝酒就是勤劳喝酒。"人们见他不听劝，就再也不劝了。

不久，他的父母去世了，他的兄弟姐妹成家的成家，嫁人的嫁人，就剩下他没成家。他已经懒惯了，今天在哥哥家吃几天，明天在弟弟家吃几天，他不仅要吃鱼吃肉，还叫哥哥和弟弟给他买酒喝。时间久了，哥哥嫂嫂、弟弟弟妹都不高兴了。他又去姐姐和妹妹家，时间久了，姐姐和妹妹都受不了了，姐夫和妹夫也不高兴了。他就干脆到各地的亲戚和朋友家去，过起了今天吃这家、明天喝那家的舒服、自在的神仙生活。一日又一日，一年又一年，这个人已经满头白发。

亲戚和朋友们个个都讨厌他，认为他懒，他在外面混不下去了，只好又回到他原来住的村子。回到村里，他原来住的房子因为很久没人住，也没人修，早就破烂倒塌了。他既没吃的又没住的，当年曾经劝告过他的人见他可怜，就送一些吃的给他，还不停地叹气："唉，唉，真是勤劳喝酒败一世啊！"

讲述者：高文理，男，黎族，80岁，农民

采录者：保亭县文化馆普查队

采录于保亭县响水镇响水村委会什掘一队

牛脚不洗都值钱

从前，有一个叫艾弄的人，很不讲卫生。他从不洗脚，脚黑黑麻麻的，覆盖着厚厚的几层污垢，即使下地种田满脚是泥，他也不洗。别人嘲笑他不洗脚，他不仅不会因为不洗脚而脸红，还会说："牛脚不洗都值钱。"别人不解地问他："为什么？"他哈哈大笑地说："你们不知道吗？一头牛要卖三个光银。牛脚一年四季不洗也能卖十几块钱，你们的脚天天洗得干干净净，值多少钱呢？"人们被他说得答不上话来。

有一天，艾弄不小心被树枝划伤了脚，他用飞机草包扎伤口。别人劝他说："艾弄啊，你还不洗你的脚吗？脚上的伤口就要烂了。"艾弄还是哈哈大笑地说："牛脚不洗都值钱。"于是，一日又一日，艾弄脚上的伤口慢慢地溃烂了，伤口越来越大。

艾弄痛得走不了路，一天到晚躺在床上"哎哟……哎哟……"地叫个不停。这时村里的人个个都对他说："这下是人脚值钱还是牛脚值钱啊？人要是没了脚，生活会很艰难。千金都买不到人脚啊！"

讲述者：陈玉勤，女，黎族，55 岁，农民

采录者：保亭县文化馆普查队

采录于保亭国营南茂农场一区加茂队

附　录

保亭县民间故事讲述者简介

高文理　男，1937年出生于保亭黎族苗族自治县响水镇响水村委会什掘一队。高文理生性聪明，记忆超凡。他听老人讲故事，过耳不忘且对听来的故事进行补充，使之丰富多彩、有头有尾。他讲故事时语言丰富生动，善于运用肢体语言。听他讲故事的人都被他讲的生动的故事所感染，听他讲到伤心处就会难过得流泪，听他讲到开心处就会开心地哈哈大笑起来。村里的孩子们都喜欢到他家去缠着他讲故事。他也爱给人们讲故事，不管是在放牛还是在犁田，也不管是在野外还是在田头，只要有人愿意听，他就愿意讲，讲故事成了他生活中不可缺少的一部分。干完农活回到家，他就给家里的孩子们和村里的孩子们讲，他能讲上百则故事，是当地闻名的讲故事能人。

陈文章 男，1942年出生于保亭黎族苗族自治县保城镇西坡村委会大坡一队。1960年在海南黎族苗族自治州州立中学学习过一个学期，后因家庭经济困难回家务农。1975年当选生产队队长。1984年任西坡乡副乡长（现村委会副主任）。1997年任保城镇西坡农场场长，乡镇农场撤销后回村务农。陈文章从小就爱听老人讲故事，能说会道。在他任乡村干部时，经常给人们讲有关生产、生活知识和教育人们做人的故事，人们都很爱听他讲的故事。

黄母德 女，1938年出生于保亭黎族苗族自治县加茂镇加茂村（现南茂农场一区加茂队），海南解放初期嫁到加茂镇半弓村委会南昌村。出嫁后，她因生活困难又回到加茂镇加茂村跟父母一起生活。黄母德生活经历丰富，记性好。她从小就喜欢听故事、讲故事。她善于把听来的故事讲得更完整、动听，深受群众的欢迎。

朱光福 男，1962年出生于保亭黎族苗族自治县保城镇春天村委会道龙村。1984年参加工作，从事农村文化工作。1997年在中央党校保亭分校经济管理系毕业后，任保城镇文化干事、文化站站长至今。朱光福从小就聪明好学，喜欢听老人讲故事、唱歌谣。那些离奇的神话、传说和故事在他的脑海里根深蒂固。朱光福在从事农村文化工作后，长期在黎寨走村串户，开展农村文化工作。他边开展工作边听黎族群众唱山歌和讲故事。为了便于开展工作，他边说边唱把听来的故事又讲给其他村民听，他讲的故事有头有尾，深受村民的喜爱。

黄母义 女，1937年出生于保亭黎族苗族自治县加茂镇半弓村委会六底上村，海南解放初期嫁到加茂镇加茂村（现南茂农场一区加茂队）。黄母义的母亲是村里的讲故事能手，她从小就听母亲讲故事，深受母亲的影响，嫁人后，又把从母亲那里听到的故事讲给村里的人们听。黄母义虽然没进过学校，但她聪明过人，记性好。她讲的故事有头有尾、绘声绘色、生动有趣，深受众人的欢迎。

林石梅 男，1936年出生于保亭黎族苗族自治县什玲镇大田村委会丁誓村。日本入侵海南时，从三亚和陵水进入保亭地区，在林石梅住的村口建起了一个炮楼。日本人在保亭地区残杀群众的事每天都会发生。林石梅五岁时差点死在日本人的刺刀下。他从小就亲眼目睹了日军在保亭地区烧、杀、抢、掠。那时琼崖游击队经常在保亭一带活动，林石梅听到许许多多的革命故事。他经常给村里的年轻人和孩子们讲许多日本人残害黎族同胞的故事。他讲的故事有条有理、有头有尾，再者又是他亲身经历的事，很生动，人们都喜欢听他讲的故事。

卓国照 男，1944年出生于保亭黎族苗族自治县什玲镇大田村委会丁誓村。卓国照从小就聪明，喜欢听老人讲故事、唱歌谣。他记得许多离奇的神话、传说和故事。他讲的故事有头有尾，而且边说边唱，深受村民的喜爱。

郑忠义 男，1944年出生于保亭黎族苗族自治县保城镇石峒村委会打南村。在1965年到1977年间任民兵连长。在1977年到1988年间成了一位赤脚医生。郑忠义每天走百里路，走村串户为群众看病送药，他从群众那里听到许许多多的故事。郑忠义从小就聪明伶俐、能说会道，他讲的故事有头有尾、富有哲理，深受村民的喜爱。

后　记

保亭县以其优越的地理环境孕育出博大而精深的文化底蕴。民间传说、故事浩如烟海、层出不穷，为后人留下了丰厚的精神财富。目前，会讲黎族民间故事的大都是年事已高的老人，随着时间的流逝，这些民间故事必将蒙上历史的尘埃。因此，我们深入黎村，走访和回访无数的黎族民间故事老艺人，搜集整理并编成了《记忆与传承——黎族记忆里的保亭民间故事》一书，以期为保亭人民留下一笔宝贵的文化遗产。这是我们的职责，也是我们编辑出版这本书的初衷。如今，在县委、县政府与县文化广电旅游体育局的大力支持下，经过我们的不懈努力，《记忆与传承——黎族记忆里的保亭民间故事》终于脱稿了。值此，我们对为该书的出版而做出大量工作的各界人士表示衷心的感谢！

　　《记忆与传承——黎族记忆里的保亭民间故事》是由县文化馆近年来开展非物质文化遗产普查，拾遗补漏、搜集整理的黎族民间故事汇编而成的。在编辑的过程中，我们力求保持民间口头文学作品的原创性、通俗性和区域性，尽可能反映保亭丰富和独特的地域文化。但由于编者水平有限，书中存在疏忽、欠妥之处在所难免，希望广大读者批评指正。

编　者

2021 年 5 月